ボブが遺してくれた最高のギフト

ジェームズ・ボーエン
稲垣みどり 訳

A GIFT
FROM BOB

辰巳出版

写真　平川さやか

装幀　緒方修一

たくさんの愛とハグを

――ジェームズ・ボーエン＆ストリート・キャット・ボブ

ボブが遺してくれた最高のギフト

Merry Christmas Everyone ©Garry Jenkins

CONTENTS

もしかしたら　クリスマスって　おみせから　くるんじゃ　ないのかも。

――ドクター・スース『グリンチ』（井辻朱美訳）

猫と過ごす時間は、決して無駄にはならない。

――ジークムント・フロイト

プロローグ

二〇一三年十二月、ロンドン

クリスマスにはまだ数週間あったが、トラファルガー広場近くの瀟洒《しょうしゃ》なホテルは、パーティーで華やいでいた。鏡張りの宴会場は、熱気に包まれている。二百人以上もの人たちが歩きまわって、談笑している。そのあいだを制服姿のスタッフたちがシャンパンやワイン、おいしそうなカナッペを載せたトレイを持ってまわっている。みんな、お祭り気分だ。

このランチタイムのパーティーはロンドン有数の出版社が主催したもので、そこかしこに著名な作家がいた。見覚えのある人だな、と思うとテレビや新聞に出ていた人だった。互いにハグやキスをしている様子から、たぶん多くの人たちは親しい間柄なのだろう。そんななか、ぼくはほとんど誰も知り合いがいなかった。

招待されていないのに紛れこんだ客みたいな気分になったが、もちろんそんなことはない。現にぼくと〝同伴者〟を招待する、と書かれた金で箔《はく》押しされたカードを受けとっていた。その招待状はいまもレザーのジャケットのなかにあり、このまま記念にとっておくつもりだ。それに数分前、みんなが揃ったころにパーティーの主催者である出版社の社長が何人かの作家の名前をあげて、寒いなか出席してくれたことに感謝の意を表した。彼女があげたなかには、ぼくの名前もあった。まあ、正確に言うと〝同伴者〟とぼくの名前だ。

「そして大変光栄なことに、ジェームズ・ボーエン氏にご来場いただいています。もちろん、相棒のボブもいっしょです！」ここで拍手喝采。

会場の人たちが、一斉にこちらを向いた気がした。みんながぼくを見ているのだとしたら圧倒されたかもしれないが、さいわいそんなことはなかった。いつものことだが、みんなの視線はぼくの肩の上、帆船のキャプテンのように悠然と周囲を見まわしている茶トラの猫に注がれていた。人気者はボブだ。これもいつものこと。

ボブは、大げさでなくぼくの命の恩人といっていい。六年前に出会ったときには野良猫で、ロンドン北部のぼくのアパートメントの廊下に怪我をした状態で丸まっていた。この出会いが、問題の多かったぼくの人生のターニングポイントになった。当時、ぼくはヘロイン依存から回復途中で、治療に使っていたメタドンの服用を終わらせようとしていた。二十八歳のことで、それまでの十年間はほぼずっと、野宿したりホームレス専用のシェルターや宿泊施設に寝泊りしたりするような生活を送ってきた。道を見失っていたのだ。ボブの面倒を見ることが、生活を一変させる契機となった。まずは即興演奏《バスキング》とホームレスの自立を支援する団体が発行する雑誌〈ビッグイシュー〉の販売、そしてドラッグを断つことで、ぼくはそれをなし遂げた。

ボブは、これまでに出会ったどんな猫よりもはるかに賢く、機転がきく。いっしょにロンドンの路上で過ごした日々は波乱に満ちていたものの、ぼくを浄化してくれた。ボブは毎日ぼくに方向性や目的を示してくれるようで、友だちでいてくれたし、それに笑わせてくれた。

ボブの影響力は絶大で、ぼくたちふたりの物語を本にしないか、という話がもちかけられた。二〇一二年三月に本が発売されたとき、どんなに運がよくても百部も売れないだろう、と思っていた。ところが本当にびっくりしたことに、なんとこの本はベストセラーになった。しかもイギリスだけでなく、世界中で。それからボブとの路上での暮らしを描いた二冊目の本も書き、ぼくたちが出会うまえのボブの生活を想像した絵本も出版した。合わせてイギリスだけでも、百万部以上売れた。そのおかげで、ぼくとボブはこのパーティーに招待されているのだ。

スピーチが終わり、場はいよいよ盛りあがってきた。ホテルのスタッフはとても親切で、ぼくが持参した猫用のミルクと食べ物を入れられるよう、ボウルを用意してくれた。ボブはいつでも人を惹きつける力があり、ここでもその本領を発揮している。次々と人がやってきては、話しかけたり、写真を撮ったりしていく。そしてぼくの成功を祝う言葉をかけてくれ、これからの計画を尋ねてきた。生まれてはじめて、ぼくには計画があったので、喜んでその話をした。ホームレスと動物のチャリティーに携わっているのは、とくに誇らしかった。ぼくが本当に必要だったときに命綱をくれた人たちに、恩返しをできるような気がしたからだ。クリスマスの予定を訊《き》かれると、ボブと親友のベルといっしょにウェスト・エンドでショーを楽しんで、おいしいレストランで食事をするつもりだと答えた。

「何年かまえまでのクリスマスとは、だいぶちがうんでしょうね」あるご婦人に言われた。ぼくはにっこりしてうなずいた。

「ええ、まあ」

いっときは、華やかな人たちがボブの前に列をつくった。こんなふうに注目されることには、どんなにがんばっても慣れることができない。ごく日常的になってきていても。たとえば数日前には、ロンドンのホテルで日本のテレビ番組向けに映像を撮った。あとから聞いたところ、なんと日本では番組内でぼくとボブの物語をドラマ仕立てにして、それを俳優たちが演じたという。とても信じられない。

さらに数カ月前、ぼくたちはITV（イギリスの民間放送局）に出た。イギリスのナショナル・アニマル・アワードがはじめてテレビで放送されることになり、そこで賞を受賞したのだ。何百万人もの人たちが見ていたことになる。ぼくの生活は、夢のような感じになっていた。そんなことができるとは想像すらしていなかったようなことをしているのだから。それも毎日のように。頰をつねってみて、と誰かに言いたくなることがしょっちゅうだった。

なかでも特別に「頰をつねって」と思う瞬間が、この日のパーティーの最後にやってきた。だいぶ時間が経ち、会がお開きになろうとしていたときのことだ。ボブが疲れた様子だったので、ぼくはいずれにしてもそろそろ失礼しようと思っていた。そこで外出用のリードをボブにつけるために膝をついて準備をしていると、背後に人の気配がした。

「お話ししたいと思っていたんだけど、その子に少しだけご挨拶してもだいじょうぶかしら?」女性の声だった。

「少しお待ちくださいね。リードをつけてしまいますので」ぼくはそう言って振り向いた。顔を見て、驚いた。児童文学作家のジャクリーン・ウィルソンだ。児童文学の古典を何十冊も書いている、イギリスの至宝。

ふだんぼくは、言葉が出てこないことはあまりないのだけれど、このときばかりは言葉を失った。すっかり舞いあがってしまったのだ。たしか、彼女のことをどんなにすばらしいと思っているかを口走ったような気がする。本当のことだ。そしてベルが、ジャクリーンの本のなかでいちばん人気のキャラクター、トレイシー・ビーカーの大ファンだということも。これも紛れもなく本当のことだ。

「おふたりの情報、追いかけていたのよ。あなたたちの成し遂げたこと、すばらしいと思うわ」彼女は言った。

いっしょにロビーに向かいながら、ぼくたちはもう少しおしゃべりした。感動の体験だった。それまで部外者のように感じていたのが、ジャクリーンのおかげで、自分もこの世界の一員なのだと思えた。

ボブはいつもどおり、好意を寄せてくれる人たちからプレゼントされたマフラーを巻いている。寒くないよう、ぼくはマフラーをしっかりと巻きなおした。

「楽しかったな」高揚した気分のまま、ぼくはボブに話しかけた。

だが過去に何度もあったとおり、ロンドンの通りに出たとたん、現実に引き戻された。空は薄暗くなっていて、身を切るような風がトラファルガー広場のほうから吹いてくる。毎年広場に飾られている大きなクリスマスツリーには、もうライトが点《つ》いていた。

「さあ、タクシーをつかまえよう」ぼくはボブに言って、広場に向かって歩きだした。

これも、自分で頬をつねりたくなることだ。タクシーに乗るなんて、少しまえまでは考えられなかった。バスの運賃でさえ、払えない日もあったくらいなのだから。いまでも、そうしょっちゅうはタクシーを使わない。タクシー代を出すのに、罪悪感を覚えるのだ。このときのように、たとえ正当な理由があったとしても。忙しい一日で、ボブは疲れて寒がっているし、このあとベルとオックスフォード・サーカスの近くで会うことにもなっていた。

街は買い物客でにぎわい、仕事を終えた人たちが帰路につく時間帯だったので、黄色いランプを点けた空車は見当たらなかった。なかなかタクシーをつかまえられずにいると、なじみのあるビッグイシュー販売員《ベンダー》の赤いベストが目に入った。

特徴のある毛糸の帽子、手袋、マフラーにも見覚えがあった。ビッグイシュー基金が、寒い時期用のセットとして長期のベンダーに提供しているものだ。顎ひげを生やし、寒さで赤くなっている顔は、知っている人ではなかった。伸びたつやのない髪に白髪が交じっているところを見ると、五十代くらいだろうか。

雑誌の束は分厚く、まだ売りはじめたばかりか、あるいはあまり売れていないかのどちらかだろう。経験から、たぶん後者だろうと思った。

その人が、とても寒がっているのもわかった。ひっきりなしに足踏みをして血流をよくしようとし、両手に息を吹きかけては、風にさらされて冷えた身体を温めようとしている。

ぼくは彼のところに歩いていき、二十ポンド札を渡した。小銭は持っていなかった。

「ありがとう」彼は言い、うれしそうなのと同時に、知らない男が大金をさしだしたのをいぶかしんでいるようにも見えた。お釣りを、と言う彼に対して黙って首を振った。

彼はぼくとボブをしげしげと見た。その表情が〝どうして？〟と問いかけているようだった。

「いいんです。わかりますから。どんなに寒いか、この時期、どんなに大変かも。受けとってください。少しでも何かの足しになるでしょう」

彼はぼくが誰だか知らなかったし、それはなんの不思議もない。テレビスターでもなんでもないのだから。

戸惑った様子だったが、彼は微笑《ほほえ》んだ。

「本当にわかるんです」ぼくは言った。

「わかった。信じることにするよ」

立ち去ろうとすると、彼が急にかがみこんだ。

「ちょっと待って。これをどうぞ」彼は言い、リュックサックから何かを取りだした。さしだされたクリスマスカードには、キリストの降誕が描かれていた。一ポンドショップかチャリティーショップで買ったのだろう。なかを開くと、シンプルに〝メリークリスマス　サポートに感謝します　ブライアン〟と書かれていた。

「ありがとう」ぼくは言った。「あなたもいいクリスマスを過ごせますように」

もう少し話をしようかと思ったが、ちょうどそのとき、黄色いランプを点けたタクシーが近づいてくるのが見えた。ボブもそわそわしてきているので、もう行かなければならない。ドアが開いたとたん、ボブは暖かい車に飛び乗った。そしてぼくのとなりで丸くなり、寝る準備に入った。

走りだすとぼくは後ろを振りかえり、ブライアンの姿がロンドンの夕暮れにとけていくのを眺めた。赤とグレーの姿はトラファルガー広場の灯《あか》りに紛れ、すぐに見分けられなくなったが、その姿や彼の気遣いは、なかなかぼくの頭から離れなかった。いろいろな感情や記憶がよみがえってきた。つらいもの、楽しいもの、とても悲しいものもあった。

ぼくがまったく同じ境遇にいたのは、そんなに昔のことではない。十年以上、ぼくも人ごみのなかの目につかない存在で、見知らぬ人たちの親切に頼って生きていた。路上での生活をしながらクリスマスを迎えた最後の年は二〇一〇年、わずか三年前のことだ。

タクシーはリージェント・ストリートを北上していて、ショーウィンドウの煌《きら》びやかなクリスマスのディスプレイや通りのイルミネーションが見えている。そんななか、ぼくはその年のことを思い返していた。路上での生活はずっと大変だったが、なかでもあの年のクリスマスはとくにつらかった。それでも、貴重な学びも多かった。こうして人生が予想外の転機を迎えたいま、あのときの学びはさらに貴重に思える。どんなにお金を積んでも、成功しても、買えない種類の学びだから。いまぼくは以前とはまったくちがうクリスマスを迎えようとしているが、あのときに得た学びは、これから先も決して忘れてはならないと思う。

1 金色の足跡

二〇一〇年、クリスマスまであと数日、ロンドン

家までの道のりは長く、つらかった。

今年は記録上、十二月としてはもっとも寒い年のひとつに数えあげられ、昨日はここ二十年でいちばんひどい猛吹雪《ふぶき》になった。わずか数時間のうちに、六インチもの雪が降り積もったのだ。いま、歩道は轍《わだち》のついた、つるつるとした灰色の氷の板と化している。足元はまったくもって不安定だ。一歩踏みだすたびに、運よく持ちこたえられるか、あるいはバタンと転んで顔を地面に打ちつけるか、ひやひやする。しかも足で地面を踏むたびに鋭い、刺すような痛みが右脚に走る。

今日、こうして外に出ている理由も、この右脚だ。ここ一カ月、ずっと痛かった。そして週の頭に医師の診断が出て、ぼくがそうじゃないかと疑っていたとおりの結果だったのだ。まえにもしばらく患っていた太ももの深部静脈血栓症《DVT》の再発だ。一年くらいまえ、同じ症状でしばらく入院していた。医師はぼくに痛み止めを服《の》むように指示し、さらにいちばんいいのは、寒い季節が終わるまで暖かい場所にいることだ、と言った。

「寒いと血流が悪くなります。なるべく室内で過ごしてください」

「そんなこと、できるわけないだろう」そのとき、ぼくは心のなかでつぶやいた。「あと一週間かそこらでクリスマスで、ロンドンにはシベリア並みに雪が積もっている。アパートメントに暖房を入れて食べていこうと思ったら、外に出て働くしかないじゃないか」

それでもしぶしぶ、何日間かは医者のアドバイスに従った。悪天候が続いて、とても外に出る気になれなかったのだ。でも今日の午後には、脚の痛みがズキズキとあまりにもひどくなり、近所の店まで追加の痛み止めを買いに、脚を引きずりながら出てきた。日曜日だったので、クリスマスはもう六日後に迫っているにもかかわらず、閉まっている店が多かった。それで少し遠くの、小さな薬局が併設されているコンビニエンスストアまで足をのばさなければならなかった。

ふだんなら家から五分くらいの距離だが、足元がつるつると滑る状態では、いつもの倍の時間がかかった。あまりに足元が不安定で、壁やガードレールにつかまりながら一歩一歩進んだところもあった。住みはじめて四年経つアパートメントまでようやくたどりついたときには、思わずほっと息をついた。アイススケートのリンクのような道のりを、なんとか無事に歩き終えた。しかも風は冷たく、骨の髄まで寒さがこたえていた。建物のなかに入ると、暖かさが身に染みた。

さらにうれしいことに、エレベーターがちゃんと動いていた。今年に入ってから、表示ディスプレイのある真新しいエレベーターが設置されたのだ。まえの油圧式のエレベーターはしょっちゅう故障していたので、ありがたい。いちばん上の階にある自分の部屋まで、階段をのぼると思うと気が滅入る。とくに脚が痛いときには。

エレベーターのドアが開いて五階に着くと、気分が明るくなった。部屋に入ると愉快な光景が繰りひろげられていて、さらに楽しくなってきた。

部屋にはベルが遊びに来ていた。ベルはぼくと同じで、薬物依存症から回復中だ。人生の途中でぼくと同じように道を誤っていなければ、いまごろはきっとアーティストかデザイナーになれていただろう。目についたあり合わせのもので、いつも何かしらつくっている。いまも、この時期に恒例のクリスマスの飾りやカードづくりに取り組んでいた。見ると、すでにできあがっているものもあった。居間のテーブルの上には、カードやきらきらと輝く飾り、接着剤、紐、リボンが広がっている。楽しい創作活動にボブも参加していたことは、すぐにわかった。目の前に証拠があったからだ。

まず目についたのは、いたるところにあるリボン。ベルのつくったカードには小さなリボン飾りがついていた。きっと彼女が目を離した隙に、ボブは余ったリボンを失敬することにしたのだろう。住まい全体をリボンで結ぼうとでもしたかのようだった。カーペットにもソファの背もたれにも、テレビにまでリボンがかかっていた。かなり動きまわったようだ。

でも、それだけじゃなかった。きらきらとした金色の足跡が、カーペットに、それにソファにもついていた。足跡はキッチンのほうに続いていたので、ボブはボウルの水を飲みに行ったらしい。それからテーブルの上に、大きな金色のスタンプ台が置いてあるのが目にとまった。

なるほど。何かの拍子にスタンプ台に足を載せたというわけだ。〝ゴールドフィンガー〟というのは聞いたことがあるが、これは〝ゴールデン・ポー（金色の足）〟だ。

ベルは作業に没頭していて、ボブも自分と同じくらい創造力を発揮していたことにはまったく気づいていないようだ。

「ボブはずいぶん楽しんでたみたいだね」ぼくはコートを脱いで、リボンと足跡のほうを指して言った。

ベルはポカンとしていた。

「なんのこと?」

「足跡にリボンだよ」

「足跡にリボンって、何?」彼女は部屋を見まわした。「あら」

ベルはあっという間に状況を理解した。一瞬きまりわるそうな顔をしたが、すぐに大声で笑いだし、そのあともずっとクスクス笑っていた。

「ほら、ボブって、なんでもいっしょにやりたがるから」

ベルはクリスマスが大好きで、毎年楽しみにしている。クリスマスツリーを飾り終えると、いつもボブを思いっきり抱きしめる。〝大切な日〟に向けて正式にカウントダウンがはじまったのを祝っているみたいに。彼女にとって、いたるところにあるリボンやきらきらの足跡は、この時期の楽しさのうちなのだ。ぼくにとっては、それは不思議な感覚だった。

今日だけじゃなく、ここ一週間くらいの様子を見ていると、どうやらボブもこのクリスマス・シーズンが好きらしい。クリスマスをいっしょに過ごすのは今年で三回目だけど、大変なはしゃぎようだ。

思えばボブは、まえからクリスマスツリーに夢中になっていた。最初の年に飾ったのはUSBでつなぐごく小さなツリーだった。ボブは点滅するライトが気に入ったらしく、魅了されたようにずっと眺めていた。去年と今年は、それよりは少し大きなツリーを飾っている。特別なものではなく、地元のスーパーマーケットで買った黒い人工ツリーだ。三・五フィートくらいの高さで、何年もまえにリサイクルショップで手に入れた木のカクテル・キャビネットの上に置いている。

ここ数週間、ロンドンの街中で見かけたきらびやかなツリーの数々にくらべたらつつましいものだが、それでもボブはこのツリーがすっかりお気に入りだ。ベルは十二月に入ったらすぐにツリーを飾るよう、ぼくを急《せ》きたてた。ツリーを箱から出したとたん、ボブは食いついてきた。ぼくが組み立て、飾りつけるのをじっと見守り、しかも独特のこだわりを持っていた。飾りつけをはじめると、監督するようにぼくのそばを離れない。ボブがよしという飾りもあれば、ダメだというものもある。たとえば、ツリーのてっぺんに天使や何かを飾るのはいやみたいだ。去年、チャリティーショップで銀色の妖精を見つけた。ベルも気に入ったのでツリーのてっぺんに飾ったら、すぐにボブはそれをとろうとするような仕草をした。ぼくがとるまで、ずっとだ。オーソドックスな金色の星がお好みだったのだ。だから今年もてっぺんは星にした。

枝には、リボンじゃなくて丸いオーナメントを飾るのもボブの好みだ。しかも、なんでもいいわけじゃない。つやつやに光るタイプで、色はできればゴールドか赤だ。イルミネーションライトはいいが、飾る場所にはうるさい。ボブが見やすいように、ツリーの前面だけに集中的にぶらさげるのだ。

ときどき、ぼくは新しい飾りをつけようとする。チョコレートのオーナメントとか、松ぼっくりとか。するとボブは、たちまちその飾りを前足でとろうとする。届かなければ、飛びあがってはたき落とそうとする。ベルは今年、手づくりのリボンの飾りをツリーにつけようとした。でもボブは、すぐに前足でその飾りをとってしまった。〝ボクのクリスマスツリーに、なんてことするんだ〟とでも言っているかのようだった。気に入らないと、ツリー自体を倒して何もかも床にぶちまけてしまうこともある。

これだけでも変わっているが、ボブはツリー自体の設置にもこだわりがある。枝をできるだけ広げて、なかをのぞけるようにするのが好みらしいのだ。これには、ぼくなりの仮説がある。クリスマス当日に向けて、ぼくたちは小さなプレゼントをツリーの下に置いていく。ボブはプレゼントの箱で遊ぶのが大好きで、ときにはキャビネットから床に落として、包装紙を破く。ボブがこの遊びをできるように、ぼくはいくつか空箱を用意して置いているくらいだ。ぼくの仮説は、ツリーの奥のほうに置いてあるプレゼントが、枝が邪魔になって見えないのがボブはいやなんじゃないか、というものだ。枝同士がくっついていると視界がさえぎられると思っているようなのだ。

ツリーがボブの好みどおりに設置されて飾りつけも終わると、ボブはそれを世界でいちばん大切なもののように守る。ツリーに触ろうとしたり、動かそうとしたりしたら大変だ。ボブは低いうなり声をあげ、すぐにもとどおりにするので、なかなかの見ものだ。枝を口にくわえて動かし、自分の思いどおりの角度にする。

あまりにも熱心にツリーの番をしていて、それが裏目に出ることもある。ボブはときどきツリーの下にもぐりこみ、幹に身体を巻きつけるようにしている。それで動いた拍子にツリーが倒れてしまうことがある。見ていると本当におもしろい。ツリーが飾りごと倒れると、ボブも宙に放りだされ、オーナメントやなんかが居間の床に散らばる。ボブは転がるオーナメントを必死に追いかけまわし、つつくのだ。もう一度ツリーを完璧な状態に直すのは大変だけど、いつも笑ってしまう。毎年この時期、ボブはそうやってぼくを笑わせてくれるが、今年はとくにそれが貴重だった。

もう長いこと体験していない、厳しい時期だったからだ。過去十五年間のほとんどをぎりぎりの生活をおくってきたぼくが言うのだから、相当だ。

極寒の気候のせいで、ここ一週間ほどぼくは外に出て、バスキングやビッグイシューを売る仕事をすることができなかった。何度か思いきって外に出てみたが、交通機関がふだんどおりに動いていなかったり、ボブといっしょに外にいるのは寒すぎたりして、結局は引きかえした。雪が降るのを暖かい部屋のなかで眺めるのは快適だったし、ボブも暖房器の前のお気に入りの場所で丸くなっていた。でも、こうして家で過ごした時間は、高くついた。

ぼくはその日暮らしの身で、家に閉じこめられていたということは、金がなくなることを意味する。一年のなかで、それでもなんとかやっていけるときもあるが、クリスマスが迫っているこの時期はつらい。

ぼくはクリスマスに向けて準備するのに、少しずつ買い物をしていくのが好きだ。ジョニー・キャッシュの昔の曲〈One Piece At A Time（ひとつずつの意）〉みたいに。この曲では男が自分の働いている工場から部品をひとつずつこっそりと持ちだし、自動車を組み立てようとする。麻薬依存症でいちばんひどかった時期には、ぼくも盗みという手段に出ることもあったが、ありがたいことにそうした日々はすっかり過去のものになっている。いまぼくは、喜んできちんとお金を払う。たとえ買うのが、ひとつずつであっても。ここ二週間ほどで、キッチンには少しずつ、クリスマス用のお菓子や伝統的な食べ物や飲み物が蓄えられている。ボブにはお気に入りのキャットフードやミルク、特別なごちそうとおやつをクリスマスとクリスマスの翌日《ボクシングデー》のために。自分用には小さな七面鳥と燻製した《ガ》ハム《モン》をキッチンの小さな冷蔵庫に入れている。賞味期限が近づいているものを買っても、ぼくにとってはけっこう高かった。そのほかにはスモークサーモンの小さなパック、クリームチーズ、アイスクリームも。ブランデーバターもクリスマス・プディング用に買ってある。ベルがボクシングデーに来る予定なので、そのときのためだ。飲み物はオレンジジュースのほかに安いカヴァのハーフボトルも買ってあるので、クリスマスに栓を抜くのが楽しみだ。

どう考えても、豪華なクリスマスとはほど遠い。平均的な家庭がプレゼントやごちそうに費やす額に比べたら、ぼくは使った金額はほんのわずかだ。それでも、どんなにささやかなものであっても金はかかる。だからいま、手持ちの金はほとんど残っていなかった。

ここのところ、ずっとそのことを考えている。どうやって稼ごうか、少ない選択肢が頭のなかでぐるぐるとまわっている。天気はひどいし、予報によるとさらに悪化するという。悪夢にとらわれてしまったような気分だ。ぼくはティム・バートンの映画のファンで、新聞を見ていたら、この時期にぴったりの彼の作品が、数日後にテレビで放映されることになっていた。いまのぼくの状況を要約したようなタイトル。ぼくはまさに〈ナイトメアー・ビフォア・クリスマス〉を地で行っている。

ベルが作業に戻ったので、ぼくはキッチンに行って紅茶をいれ、また自分の状況について思い悩みはじめた。それが顔に出ていたのだろう。ほどなくベルが戸口に現われ、やさしく言った。

「スクルージさん、元気出して。もうすぐクリスマスなんだし」

思わず〝クリスマスなんか、どうでもいい〟と言いそうになったが、肩をすくめて答えた。

「ごめん。まだクリスマス気分になれなくて」

ベルはぼくのことをよくわかっているので、気分が読める。おそらくその原因も。

「きっとクリスマスイブまでには、なんとか稼げるわよ」ベルはぼくを元気づけるように言った。

「まあ、どうなることか」ぼくは暗い顔のまま答えた。

ぼくは紅茶を少し飲んで、居間に戻った。散らかったリボンを集め、濡れた布で足跡を消しはじめた。さいわい、足跡はわりとすぐに落ちた。ボブはまだ歩きまわっていて、通った道に金色の足跡がついている。ボブの健康にもよくないとわかっていたので、お楽しみは終わらせることにした。

「さあ、おいで」ぼくは言ってボブを抱きあげた。「足を洗わないとな」

ベルも察して、身のまわりのものを片づけはじめた。心配そうにしている。ぼくのかかえている問題が手にとるようにわかるのだ。とくに切迫しているものは。

「お湯を沸かすのに、ガスは残ってるの？」

「ううん、鍋に水を入れて電気コンロで温めないと」

「そっか」

「そうだ。電気メーターの状態も見てきてもらえる？」ぼくは言った。「しばらく見ていないんだ。怖くて」

大げさではなかった。

これまでの人生で、ぼくはいろいろなものにとりつかれてきた。ギターにＳＦ小説、コンピューター・ゲーム。依存症だったときには、次のヤクをいつ打つか。でもいまこの瞬間、ぼくがとりつかれているのは、玄関扉の脇にあるガスと電気のメーターだ。過去に四半期に一度の光熱費の支払いが滞《とどこお》ったことがあり、メーターの設置を余儀なくされたのだ。メーターはプリペイド方式のカードでチャージされていて、両方とも定期的に近くのコンビニエンスストアで金を足していかなければならない。出せるだけは足しておいたが、エネルギー価格はあがっているので、それなりの出費だ。この寒い時期に電気とガスを維持するには、だいたい一日二ポンドから三ポンドかかるとぼくは見積もっていた。足していくと、あっという間にすごい金額になる。ひとつ救いがあるとすれば、四半期ごとに支払うメーターのレンタル料を十二月のあたまに払い終わっていたことだ。とはいえここ一週間、部屋をできるだけ暖かくしようとしてきたので、メーターがすさまじい勢いで金を食っているのは間違いない。避けられない現実だ。

メーターには両方とも五ポンド分の緊急エネルギーを提供するオプションがついている。この状態になると、メーターにカードを挿入して、Eボタンを押さなければならない。そうすると緊急エネルギーに切り替わったことを告げるビープ音が、三回鳴る。それも使い果たすと、それまでだ。ローンや超過引きだしと同じで、五ポンドと、もし追加の負債があればそれも払わないと、供給は打ち切られる。実は数日前、ガスと電気の両方とも緊急に切り替えざるをえなくなっていた。つまり、両方とも五ポンド分を使い果たしたらとまってしまう。だから緊急エネルギーに切り替わった瞬間から、ぼくの生活はメーターが発する音に支配されてきた。メーターを動かしている複雑なタイムテーブルとともに。

夜間はカードの金を追加するのが難しい可能性があるので、どちらのメーターにも、エネルギー会社のいう〝停止しない思いやりタイム〟が設けられている。メーターが警告音を鳴らすのは通常午後六時だが、その時点で追加料金を支払う用意があると仮定して、夜中や日曜日には停止しない。店が閉まっていて、お金の追加ができないかもしれないからだ。

ぼくがとりつかれているのは、このタイミングだった。ここ数日は、六時が過ぎてメーターから小さなカチカチという音が聞こえてくると、ほっとして大きく息を吐いている。これで翌朝九時まではガスも電気もとまらない、と安心できるからだ。土曜日であれば、その夜と日曜日一日は安心だ。供給がとまるのは早くても月曜日の朝九時。毎朝、時計の針が九時に向かうのをじっと見守り、いまにもガスか電気がとまったというビープ音が鳴りだすんじゃないかと身構えている。神経によくない。

二日前、ガスが停止する音がした。これで風呂には入れないし、もっと深刻なことに、ガス燃料の暖房が使えなくなってしまった。ボブは喜んではいなかった。居間にある暖房器前のお気に入りの場所が、暖かくて心地いいところではなくなっている。ぼくは小型のファンヒーターを断続的につけては居間を暖めていた。これも電気を食うので、あまり頻繁には使えない。

だからそれ以外の時間はキッチンにいたり、ソファかベッドルームで掛けぶとんをかぶって過ごしていた。ボブもぼくといっしょに丸くなり、ふたりで暖を分かち合っていた。

緊急クレジットには、五ポンド以上の金額が上乗せされているのもわかっていた。週末分があるからだ。つまりガスの供給を再開するには、たぶん十五ポンドくらいかかる。そしていまのぼくには、その金がない。

これで電気もとめられたらどうしよう、というのがいま、いちばんの心配の種だ。そんなことになったら大変だ。クリスマス用に買い集めた高価な食材は、冷蔵庫に入っているものが多い。電源が切れたら食べ物はじきに悪くなるだろうし、そしたらゴミ箱に捨てるしかない。もう一度ぜんぶ買いなおせる気はしない。理由は、スーパーマーケットの棚がからっぽになりはじめているから、というばかりでもない。

だからなんとか外に出て、金を稼がなくてはならない。もう、天気が悪いとか脚が痛いとか言っている場合じゃない。気温は日々下がっていて、このままでは気が滅入るし、しかも危険だ。予報どおりに気温がマイナス十度まで下がったら、ボブもぼくも凍えてしまう。

何よりも、ぼくはこの状況を脱したかった。メーターがとまるのを知らせる〝ビー、ビー、ビー〟という警告音がいつ鳴りだすかとびくびくするのは、もういやだった。冷蔵庫の中身が溶けだすんじゃないか、とずっと心配しているのもうんざりだ。ボブとベルはクリスマスをすごく楽しみにしているので、いっしょに楽しみたいという思いもある。ふたりは本当にぼくの支えになってくれている。お返しにできることといえば、数日間を楽しく気ままに過ごすことくらいだ。

そしてもっと心の奥深くでは、もうひとつ、もっと大きな動機があった。クリスマスをスクルージみたいに、祝祭のシーズンの存在そのものを否定するような気分で過ごしたくはない。スクルージみたいに、周囲の人のクリスマスにも水を差すような存在に見られたくない。そんなクリスマスなら、もうこれまでの分で充分だ。そんな役割を、ぼくはあまりにも長く演じすぎていた。

2　カーテンの向こう側の少年

古いことわざにこういうのがある。「クリスマスは季節ではない。気分だ」ぼくにはそれが本当なのかどうかよくわからない。ほとんどの人にとって、その気分というのは、子どものような無邪気な喜びだ。純粋にワクワクする、クリスマスイブを待ちのぞむ気持ちであれ、クリスマス・ディナーを和やかに囲む楽しさであれ、人々は一年でいちばん楽しい時間を、その気分で味わう。

生まれてから三十年間くらいのあいだ、ぼくがクリスマスに呼び起こされたのは、まったく別の感情だった。クリスマスと結びついていた感情は、悲しさとさみしさだった。だから、クリスマスは気が重かった。どこかに行ってしまいたかった。

どうしてぼくがこういう態度をとるようになったのかは、ぼくが子ども時代、ティーンエイジャー時代をどう過ごしていたかを知ればわかるはずだ。

ぼくはサリー州で生まれたが、ぼくがこの世に誕生した直後に両親は別れた。ぼくが三歳のとき、母はぼくを連れてイギリスを出て、親戚のいるオーストラリアに引っ越した。母は有能な販売員で、コピー機の会社、ランク・ゼロックスで働いていた。

ぼくはひとりっ子で、ぼくたちの生活は根無し草のようだった。母の仕事の都合で街から街へと引っ越しを繰りかえし、ぼくはたくさんの学校に通った。うまくなじもう、友だちをつくろう、とがんばりすぎて、変に目立ってしまっていた。学校生活において、それはいいことではなかった。西オーストラリア、クインズ・ロックの小さな町では、ぼくのことを変わったやつだと思った子どもたち大勢に石を投げられた。これは精神的な打撃になった。

家ではほとんどの時間をひとりで過ごしていて、それもよくなかった。母はよく働き、オーストラリア国内のあちこち、さらには海外にも足を延ばしていた。会議にもしょっちゅう参加していて、ぼくは実質、乳母とベビーシッターたちに育てられたような感じだ。ほかには、遊び相手もほとんどいなかった。

いつでも動きまわっていたので、伝統的な家族のクリスマス、というのをやらないできた。父はイギリスにずっと住んでいたので、家に来ることはできなかった。でもいつも気前よくプレゼントを送ってくれた。ある年、〈トランスフォーマー〉のおもちゃをもらったのは鮮明に覚えている。トランシーバーや、高価なミニカーももらった。うれしかったけれど、もっとわくわくしたのは、父と電話で話ができたときだ。とぎれとぎれで、少しエコーがかかった、地球の反対側から聞こえてくるその声は、ぼくのクリスマスのハイライトだった。

オーストラリアにも親戚はいて、母方のおじスコットとその家族にはごくたまに、シドニーに行く機会があるときには会っていた。ただ、クリスマスをいっしょに過ごすことはなかった。母にとってクリスマスのお祝いは、ぼくとふたりで豪勢な旅行に出ることだったのだ。相当贅沢をしたので、母は当時かなり稼いでいたのだろう。アメリカ、タイ、シンガポール、ハワイに行ったのは覚えている。ある年には、オーストラリアからハワイに飛び、日付変更線を通過した。時間を戻っていたわけだ。ボクシングデーに出発したのに、ハワイに着いたらまだクリスマス当日だった。

つまりぼくには、クリスマスが二日あったことになる。たぶん、とても楽しく過ごしたのだろうと思う。母は当時の旅行についてよく話してくれた。ただぼく自身は、記憶に残っていることはあまりない。ひとつ覚えているのは、こうした旅行中も、ぼくはひとりでいる時間が長かったことだ。ある年、ラスヴェガスに立ち寄ったときには、母はほとんどカジノにいて、ぼくはホテルの部屋にとり残された。だからテレビを見るくらいしかすることがなかった。それでも別によかったのだが、部屋にあったのは有料テレビだった。ぼくは有料番組を見られなかったので、唯一無料だったドリー・パートンのクリスマス・スペシャルの予告をずっと見ていた。ドリー・パートンが「みなさん、こんにちは!」と言うのを繰りかえし、何時間も見つづけることを想像してほしい。いまでもときどき夢に出てきて、冷や汗をかいて目が覚める。

ニューヨークにも行った。楽しい旅行になる予定だったが、ここでは母が偏頭痛に見舞われたので、ぼくが面倒を見てあげなければならなかった。母が休んでいる暗い部屋に何日間も閉じこめられた、と少なくともぼくはそう感じた。あまりに退屈で、閉められたカーテンの窓側に立ち、ガラスに顔を押しつけて、下に見えるニューヨークの歩道に雪が降り積もっていく様子を眺めたのをよく覚えている。とてもきれいで、一九五〇年代のハリウッド映画の一場面のようだった。思いだせるかぎり、子ども時代のクリスマスでいちばん魔法のような時間だった。

ほかにも、いくつかはっきりと思いだせることがある。あるとき、飛行機で長距離を移動していて、ぼくはそのとき着ていたしゃれたブルーのスーツに大きなコップに入ったオレンジジュースを思いきりこぼしてしまった。母がどう工面したのかわからないが、座席はファーストクラスだった。服がびしょびしょになったので客室乗務員がぼくを下の階に、そして後ろのほうのエコノミークラスでガウンに着替えるよう案内してくれた。ところが着替えてもとのファーストクラスの席に戻ろうとすると、阻まれた。母は眠っていたので、ぼくが横にいないことにも気づいていなかった。男性の乗務員が、何度もぼくをエコノミーの座席に無理やりすわらせた。その人の顔はいまでも忘れない。ちょっとオバマ元大統領に似ていた。ぼくをすわらせたあと、わざわざエコノミークラスとファーストクラスを仕切るカーテンを閉めてみせた。しかもご丁寧にカーテンのファスナーまで閉じた。一流の場に自分が入れると勘違いしたことで、罰せられているかのようだった。

とうとう四度目にぼくがカーテンをすり抜けて母のとなりの自分の席に戻ったときの、その乗務員のきまりわるそうな顔ときたら、それも忘れられない。母はちょうど目を覚まして、たしかにぼくといっしょに旅行していると請け合った。乗務員はそれを聞くまで、ぼくがファーストクラスに乗っていることを信じられなかったのだろう。このちょっとした事件を、ぼくはあとから何度も思いだすことになる。その後のぼくの人生のなりゆきを象徴しているような気がしたのだ。いまでも、それはあまり変わらない。自分たちの心地いい世界をぼくに邪魔してほしくない、とみんなが思っている気がする。ぼくは、そこには属していない。ぼくはいつだって、カーテンの向こう側の少年なのだ。

こんなふうに考えるのは感謝の気持ちが足りないのでは、と誤解されたくないし、母に責任があるとも思いたくない。母自身、さまざまな苦労をかかえていて、おまけにぼくは扱いやすい子どもというわけでもなかった。当時、母はぼくによかれ、と思ってくれていたのだろう。世界を見せ、さらにそのなかの上質なものを見せてくれたのだから。ただぼくの見方は、ちがった。一年のほかの時期にそばにいない埋めあわせを、母がしようとしているように感じたのだ。贅沢なクリスマス休暇は、彼女なりの埋めあわせなのではないかと。ただぼくが欲しかったのは飛行機のファーストクラスに乗って、五つ星のホテルに泊まることではなかった。母といっしょに充実した時間を過ごしたいと思っていた。ふだんの生活では、そうした時間はほとんど持てなかったから。そしていちばんはもちろん、ただ単に愛されたかった。

十歳ごろ、ぼくは母に連れられてイギリスに戻り、二年間そこで暮らした。イギリスでのクリスマスも、別の理由でやはりかなりさみしいイベントになった。二度のクリスマスは、それぞれに思い出深かった。最初のクリスマスは父と、父の新しい奥さんのスーと、義理の妹にあたるキャロラインと過ごした。キャロラインは当時よちよち歩きの三歳児だった。あのときがいわゆる〝ふつうの〟〝楽しい〟クリスマスというものにいちばん近かったと思う。みんなで食事をして、プレゼントを交換しあい、テレビを見た。自分が親族の一員である、という感覚は心地いいものだった。それに父と長距離電話で話すだけではなく、いっしょにクリスマスを過ごせたのはうれしかった。誰かが声を荒らげたりするのも、典型的な家族のクリスマス、という感じがした。母はキャロラインへのプレゼントに、ガソリンスタンドで赤ちゃんのお人形を買っていった。ゆするとエーンと鳴くタイプの人形だ。ぼくは幼いキャロラインに、人形と同じような声を出すように言った。それが父の気に障り、「ジェームズ、やめなさい」と何度も大声で注意された。

いまから思うと、あのとき父はすでに、まだ年端《としは》もいかないながらも困ったやつだと、ぼくのことを見ていたのだろう。一年後、ぼくはほかの人たちからも同じように見られていた。イギリスでの二回目のクリスマスは、ウェストサセックス州ヘイワーズ・ヒースにあるコルウッド病院という、若い人のための精神療養所でアセスメントを受けていた。

その時点で、母とけっこう衝突するようになっていた。ぼくの態度がときどき行き過ぎているのを見て、何か精神的に問題があるにちがいない、と母は考えた。診察をした医師のひとりは、ぼくにうつの疑いがあると言い、それでぼくは数カ月間リチウムを処方された。でもそれも長期的な解決策ではないということで、アセスメントを受けることになったのだ。

統合失調症、躁うつ病、注意欠陥多動障害《ADHD》などあらゆるテストを受けたが、結局ぼくのどこが悪いのかは、わからずじまいだった。コルウッドにいたときの記憶は、ところどころ完全に抜け落ちている。それはアセスメントの期間中に体験したこと、それにあらゆる薬を処方されたことによる。ぼくを眠らせる注射を打たれたことは鮮明に覚えている。意識が戻ると、自分がどこにいるのかさえわからない状態だった。ときどき、まったく予期していないときに、そういうことが行われた。注射器を持った医師が近くに来たかと思うと、突然意識が遠のいた。ぼくは一度も抵抗しなかった。怖かったけど、医師たちを信用していて、よくなるのなら、と思っていた。だがもちろん、よくはならなかった。

だからコルウッドで過ごしたクリスマスの記憶がぼんやりしているのは、無理もない。ひとつだけ覚えているのは父が来て、いっしょにパントマイムを観に連れだしてくれたことで、それは楽しい思い出だ。登場人物のバトンズ《Buttons》がキャドバリーのボタン《buttons》チョコレートを客席に向かって放り投げていたので、演目はシンデレラだったにちがいない。帰り道にキャロラインが、魔法の杖《つえ》が壊れたと言って泣いていた。何を残すか、残さないか、記憶というのは不思議なものだ。

次のクリスマスまでには、母とぼくはオーストラリアに戻っていた。母が少しホームシックになっていたのもあるが、それだけではなく、ぼくにとってもそのほうがいいと考えたようだ。そこで母の新しいパートナーのニックもいっしょに、イギリスを出ることにした。それでもぼくが不機嫌な子どもで、母と折りあいが悪いことには変わりなかった。

ぼくはイギリスが、父が恋しかった。あの場所で見いだした愛情が恋しかった。ぼくは母やニックと喧嘩《けんか》を繰りかえした。ニックとはまったくそりが合わなかった。あの父とのクリスマス以外で、イギリスでの心温まる思い出は、看護師のマンディだ。それまで出会ったなかで、いちばんやさしい人だった。コルウッド病院にいたとき、長い時間をいっしょに過ごして話をしてくれたし、ぼくの話も聞いてくれた。それまでのぼくには、そういう経験がほとんどなかった。

オーストラリアでは、保護シェルターから野良猫を引きとることにした。ぼくはその猫が大好きで、その猫もぼくを大好きでいてくれた。だからイギリスでの楽しい時間を思いだせるよう、マンディと名づけた。

　ただそれ以外は、オーストラリアでのぼくの生活は下降の一途をたどった。ここでも、さらにいろいろな病院に連れていかれたが、そのことでむしろ状況は悪化していった。しばらくのあいだ、西オーストラリア州、パースのプリンセス・マーガレット小児病院の精神科病棟にいた。十七歳になるころには国の反対側、ビクトリア州のメンタルケア施設にいた。そのころには、ぼくは手に負えなくなっていて、ドラッグにも手を出しはじめていた。とにかくハイになりたくて、接着剤に医薬品と、なんでも試していた。病院では、ほかにすることはまったくなかった。厳しい現実から逃避する、ぼくなりのやり方でもあった。

　そこでは、見たくないものも目に入ってきた。ある日、打ち解けて話すようになった年上の入院患者、むさくるしいバイカー風の〝レヴ〟が「かみそりを貸してくれないか」と言ってきた。世間知らずだったぼくは〝ひげを剃《そ》るんだろう〟と思ったが、もちろんそうではなかった。ぼくは長いあいだ自責の念に駆られていたが、さいわいにも彼は、命は落とさなかった。彼が必要としていたのは〝助けて〟と叫ぶことだったのだ。

　安定した子ども時代を送れなかった、という人は多いかもしれないが、ぼくは本当にそうだった。両親の離婚や、国中をいつでも移動しているような感覚は、ぼくに安定感をもたらさなかった。そう考えると、十八歳でイギリスに引っ越したあとの堕落は、必然のようなものだったのかもしれない。オーストラリアではC型肝炎だと診断され、医師はドラッグの摂取を理由にあげた。それを聞いたとき、ぼくは泣いた。余命は十年未満だと言われたのだ。結果的には、ぼくは免疫システムが強かったおかげでこうして生き延びたわけだが、当時はそんなこと知る由《よし》もなかった。

だからイギリスに戻ったときには、一種の死刑宣告が、つねに頭上にぶらさがっている感じだった。ぼくはミュージシャンになる夢を持っていたが、それも水の泡になった。家から家へとさまよい、そのうちにそれがソファになり、最終的には道端で野宿をするようになった。そして現実から逃れるために、ヘロインやほかのドラッグにも手を出すようになっていった。感覚を鈍らせてくれるものなら、なんでもよかった。ぼくの人生は下降線の一途をたどっていた。ときどき、自分がまだ生きていることが不思議になるくらいだった。

そうなると、クリスマスはますますぼくにとって意味のないものになった。一年のなかで、なんとか生き延びなければならない時期に過ぎず、楽しむものではなかった。

これまでにロンドン南部に住む父と何度かクリスマスをいっしょに過ごしているが、そこでもあまりいい雰囲気にはならなかった。ぼくはもう、家族とのつながりを感じられなくなっていた。みんながぼくのことを厄介者と思っているように感じられた。しかも、それも無理からぬことだと自分でもわかっていた。ぼくは、つきあいやすい息子とはほど遠かった。

そういうわけで父とのクリスマスは、単にぼくがクリスマスイブに家に行って、クリスマスをいっしょに過ごして、ボクシングデーの朝に駅まで送ってもらう、というものになっていた。一度、駅で降ろされてみたら列車が走っていなくて、四マイルくらいの距離を一時間くらいかけてクロイドンまで歩いてから列車で帰ったこともあった。そういうこともあり、ぼくのなかでは、クリスマスは一年のなかでもとくにひどい時期となっていた。

正直に言うと、父の家に行っていたのは、きちんとした食事にありつくためだった。あの時点のぼくにとって、きちんとした食事をする、というのはめったにないことだった。ぼくはシェルターに寝泊りしていて、金はまったく稼いでいなかった。本当にどうにもならなかったときには、大型スーパーマーケットの裏の廃棄物コンテナをあさったこともある。食べられるものであれば、もうなんでもいい、と思っていた。だからクリスマス・ディナーは、本当に楽しみだった。大きな皿に料理が盛りつけられ、食べ終わったらおかわりも自由にできるのだから。

こうした経緯があるので、人生を立てなおしつつあっても、ぼくにとってクリスマスは特別な意味を持たないままだった。クリスマスが象徴する家族や連帯感、思いやり、コミュニティー、チャリティーといったものとは無縁だった。世の中の人はクリスマスを楽しみにして、いそいそと準備していたけれど、ぼくにはその気持ちがまるでわからなかった。どうしてみんながそんなに金を使うのか、大騒ぎをするのか。ぼくにとっては、一年のほかの日と、とくに変わらないただの日だったから。むしろどちらかというといやな予感がして、クリスマスに対して恐れに近い感情さえ抱いていた。

こうした思いは、ベルにはなかなか理解しがたいものだった。ベルとぼくとの友情は、ぼくの人生のほかのことと同じように、複雑だ。はじめて会ったのは、二〇〇二年だった。当時ぼくは、〈怒れる男たち《ハイパー・フューリー》〉というバンドで名を成そうとしていたが、うまくいっていなかった。このバンドで短期間だが、ロンドンで、とくにカムデンで多く仕事をしていた。ベルと出会ったのは、〈アンダーワールド〉というクラブだった。ぼくがバーにいるところに、彼女が入ってきたのだ。ぼくは別の女性と話をしていて、誕生日が一日ちがいだ、ということがわかった。その会話がたまたま耳に入ったらしい。ぼくの誕生日は三月十五日で、話していた女性は三月十六日だった。

「すごい偶然」ベルが話に入ってきた。「わたしの誕生日、三月十七日なの」

「聖パトリックの日だね」ぼくは言った。そこから、会話がはじまった。

ベルは話しやすくておもしろく、結局その日はずっとおしゃべりをしていた。

そのときベルは別の男性と交際をしていたが、もう別れかけていたという。ぼくたちは次の週にまた会う約束をして、そのときにすっかり意気投合した。それでベルはその男性と関係を終わらせ、ぼくたちはつきあいだした。

ベルはぼくより少し年下で、生まれも育ちもロンドンという生粋《きっすい》のロンドンっ子だ。でも育った場所こそちがっても、ぼくたちの人生は似たような軌跡をたどっていた。ベルは家庭で難しい時期があったという。とくに第二の母のように慕っていたおばあさんが亡くなったあとはつらかったそうだ。ぼくと同じように彼女も問題児のティーンエイジャーになり、似たような精神的な問題もかかえていた。断続的なうつ傾向があり、ドラッグも常用するようになっていた。ベルの場合はマリファナが最初で、だんだんと強いものに手を出していったという。感情的な苦痛を少しでもやわらげる、そしてあまりにも孤独に感じられる世界から逃れる彼女なりの手段だった。その話を聞いて、ぼくにも気持ちがよくわかった。このことが、ぼくたちの絆《きずな》を深め、少しのあいだぼくたちはとてもうまくいっていた。いっしょに暮らしてもいた。

その時期に、ぼくにとってクリスマスはあまり意味のないことやその理由を、ベルは知ることになった。ロンドン南部に住む義理の母のスーが、クリスマスのまえに招待をしてくれたので、ベルも誘って行った。ベルはすぐにその場の微妙な空気を察した。言い争いも多く、ベルみたいなふつうの感じのいい子がどうしてぼくといっしょにいるのか、などと誰かが指摘したときにはぼくは激怒した。

「ぼくと同じ境遇になってみろよ」ぼくは言いはなった。

一方、ベルは両親と仲がよく、ウェスト・エンドにある実家でクリスマスを過ごす予定にしていた。彼女の家族にとって、それは特別な時間だった。本当に盛大に祝うのだ。ぼくはボクシングデーに招待され、ご両親に紹介された。ここでの雰囲気はまるでちがった。ベルの母親はぼくを大歓迎してくれ、ほぼもう一回クリスマス・ディナーをつくったのでは、というくらいもてなしてくれた。ぼくにプレゼントまで用意してくれていて、これには感激した。みんなが集う楽しい家族のクリスマスというのはこういうものなのか、という感覚を味わうことができた。

残念なことに、ベルとの関係は長くは続かなかった。当時、ぼくたちはそれぞれが個人的な悪魔と戦っている時期で、それは大変だった。そういう意味でも、いっしょにいるのはお互いのためにならなかった。ぼくたちは距離を置くようになり、それでも連絡は取りつづけていた。それから年月が経つうちに、ボーイフレンド、ガールフレンドというよりは、単なる友だちとしてのほうがうまくいく、と気づいた。それぞれに問題に対処してからは、ぼくたちの友情は深まり、これから先も長く続くであろう絆が生まれた。

ベルとぼくは、とても気が合う。好きなものも、よく似ている。たとえば猫。ベルはティーンエイジャーのときに〈キャッツ・プロテクション〉というチャリティー団体から、ポピーという名の猫を受けいれた。十数匹の猫といっしょに暮らしていたお年寄りの男性の家で見つかった子だった。その男性が亡くなったあと、猫は地元の〈キャッツ・プロテクション〉の支店に引きとられたのだ。ぼくたちが出会ったとき、ポピーは七歳で、十五歳になってもまだ元気だ。ベルにとってポピーは、ぼくにとってのボブのように大切な存在だ。いちばん暗い日々でも、ポピーはベルを笑顔にしてくれた。ベルはポピーに、無条件の愛情を注いでいた。

そういうこともあり、ボブはベルととても仲良しだ。ぼくが病気のときや留守にするときには、いつでも喜んでベルといっしょにいる。クリスマスを、ベルの家で過ごしたこともある。ぼくが思いたって、何年も会っていなかった母を訪ねてオーストラリアに行ったときのことだ。

ボブは、クリスマスに対するぼくの態度を少しずつ変えていった。二〇〇七年にいっしょに過ごした最初のクリスマスは、とてもシンプルだった。ご飯を食べて一日中テレビの前にすわっていただけだが、これまでのクリスマスのなかで、ぼくはいちばん幸せだった。クリスマス〝気分〟を味わったのは、このときがはじめてだったのだ。

その時点ではもう九カ月間いっしょにいて、いろいろ体験していた。最初に見つけたときは、ほかの動物と喧嘩したあとのようだった。誰かの飼い猫だろうと思ったが、数日後にも同じ場所にいたので、なんとかしなきゃ、という気になった。王立動物虐待防止協会《RSPCA》に連れていき、薬を買った。そして面倒を見て健康な状態に戻るのを見守った。

ぼくはすぐに、この茶トラを好きになった。落ち着いていて賢い、本物の魅力を持っている。飼い主を見つけようとしたが、名乗りでる人はいなかったので野良猫だろうと思った。それで、ボブという名前をつけた。

はじめ、ぼくたちの友情はつかのまのものだろう、と考えていた。健康が回復すれば、ボブはもとの生活に戻っていくものと思ったからだ。エネルギーに満ちていて、自分の面倒は自分で見られそうだった。でも、ボブには別の考えがあったようだ。

もとの生活に戻るように促しても、出ていこうとしなかったのだ。驚いたことに、ある日、ぼくが乗っていたバスに飛び乗ってきた。

そして、ぼくたちは互いに離れがたい存在になった。おかしなふたりという面もあったが、基本的にぼくたちは似たもの同士で、からっぽの魂をかかえてロンドンで日々を生き抜こうとしていた。ぼくはボブを、家族だと感じた。ボブはやさしさ、友情、そして愛情をくれた。それは本当に長いあいだ、ぼくが求めつづけていたものだった。しかも新たな人生への可能性を開いてくれた。路上で働かなくていい人生への可能性を。ここ数カ月のあいだに、思いがけない出会いがあったのだ。ひとり目は、イズリントンに住むアメリカ人の女性だ。出版エージェントで、まえからぼくたちをエンジェル駅で見かけていたという。ボブとぼくの物語が本になるのではないか、というのだ。そして数週間前、悪天候になるまえに、そのエージェントの紹介でライターの男性と会った。本を書くサポートをしてくれるという。ありがたい話ではあるもののぼくはあまり期待していなかった。本を出版するなんて、夢物語にしか思えなかった。そんないいことは、ぼくみたいな人間には起こらない。

次にライターに会うのは年明けの予定だったので、そのことは忘れかけていたくらいだ。でもこれは事態が上向く前触れで、これまでの過去の長いあいだとはちがい、未来は明るいのかもしれない。それでもその未来は、差し迫ったガス代や電気代を払ってはくれない。未来のことを考えるのは、いまのぼくには許されない贅沢だ。いまは現在を生き延びることに集中しなければ。ボブといっしょに、このクリスマスを切り抜けなければならない。なんとなく、とてもいやな予感がしていた。そして、それは間違っていなかった……。

3　ビープ音が鳴った日

ビー、ビー、ビー。

何日間も恐れていた音で、目が覚めた。月曜日の朝だった。週末は終わり、ぼくたちが頼みにしてきた緊急エネルギーの供給がとうとう尽きたのだ。

このビープ音は一分ごとに鳴り、二十分間続くのは知っていた。一サイクルに十二回のビープ音。その一音一音が、しつこい頭痛みたいに突きささる。イライラするが、カードにチャージできない限りどうしようもない。飛び起きて、ポケットというポケットをくまなく調べた。全部で三ポンド五十ペンス。カードの負債分を支払うには、到底足りない。状況は、火を見るより明らかだ。もはやこれまで。暖房も電気もまったくなし。

ビー、ビー、ビー。メーターがまた音を立てた。

今日も空は灰色の雲に覆われていて、部屋は薄暗い。キッチンでは電池式の置時計のライトが、暗がりのなかで唯一の光を放っている。ぼくは冷蔵庫を開けて中身を触ってみた。まだ冷たいが、それも長くは続かないだろう。

この瞬間がやってくるのはわかっていた。メーターは、空気だけで動きつづけることはない。それでも、やはりショックだった。頭のなかが、急に忙しくなった。あとどのくらいで、冷蔵庫のなかの食べ物は腐りだすだろう？　電気の供給を再開するのに、いくらあれば足りる？　クリスマス休暇が終わるまで、電気、ガスともにもたせるにはどうすればいい？　もし金を稼げなかったら、ボブとぼくはどうすればいいのか？　クリスマスにシェルターかチャリティーに向かうはめになるのか。それはつらすぎて、考えたくもないことだった。

ビー、ビー、ビー。

過去には、とくに依存症状があったときには、こういうときにパニックに陥り、どうしていいかわからなくなる時期もあった。いまのぼくには、何をすべきかがすぐにわかった。それだけ以前とは、変わっているということだ。

危機に直面すると、頭がはっきりするのは不思議なくらいだ。ある意味、ぼくにとってすべてがシンプルになった。ここのところ雪が続いていたので、これまでのぼくには外に出るかどうかの選択権があった。でもいまのぼくには、もはや選ぶ自由はない。外に出て働いて、電気の供給を再開するだけの金を稼がなくてはならない。現実問題として九時間以内に電気を開通させないと、クリスマス用に買った食べ物はゴミ箱行きとなる。それだけはなんとしてでも避けたい。

シリアルに冷蔵庫に残っていたミルクをかけ、手早く朝食を済ませた。ボブ用の食糧はまだだいぶ残っていたのでツナをボウルに出し、水もやった。それからは、身体が自動的に動いて外出に必要なものを手にとっていた。ギターに〈ビッグイシュー〉、ベンダーが着るベスト。ボブのおやつをリュックサックに入れ、白分用には簡単なサンドイッチをつくった。

外を見ると、さいわい雪は降っていなかった。家の屋根にはうっすらと雪が積もっているものの、車は走っていた。それなら、運がよければバスも走っているだろう。

ビー、ビー、ビー。

ドアを開けて外に出ることで、この音から逃れられるのはありがたかった。でもすぐに、別の感情が襲ってきた。一歩外に足を踏みだすと、決意と不安の入りまじった感情がわき起こり、そこに徐々に恐怖も加わってきた。

ボブといっしょに停留所でバスを待つあいだ、ぼくは行動計画を立てた。基本的な計算はしておいた。目標は単純に、今日中に電気の供給を取り戻すこと。家の近くのコンビニエンスストアで、残高の確認をしてあった。緊急分の借りが五ポンド、それに追加で六ポンド五十ペンス払わないと電気は戻らない。つまり、冷蔵庫の中身を腐らせないためには、最低でも十一ポンド五十ペンスが必要だ。

ガスのカードのほうも確認した。こちらの負債はおよそ十五ポンド。何日間か暖房とお湯のある生活を取り戻すには、合わせて二十五ポンドから三十ポンドいる。これが最低限の目標だ。でも、さらに次の目標は木曜日、つまりクリスマス休暇のはじまる十二月二十三日までメーターがとまらないようにすることだった。少しでも残高があれば、それがたとえ緊急分であっても、その日の午後六時を乗りきれば、クリスマスイブ、クリスマス当日、そして翌日のボクシングデーまではエネルギーが保証される。十二月二十七日の朝九時にはまた、切れてしまうとしても。

一方で、その状況に追いこまれるのは得策でないこともわかっていた。クリスマスから新年までのあいだに金を稼げる見込みはほとんどない。その期間のロンドンは人気《ひとけ》がなく、ゴーストタウンと化すからだ。しかも天候のことも考えなければならない。気象庁の予報どおり、また猛吹雪に見舞われたら？　クリスマスから新年にかけての時期の稼ぎを当てにするのは、リスクが高すぎる。

それはだめだ。最終的なゴールは、あと二週間を切り抜けられるだけの稼ぎを得ることにしなくてはならない。年明けまで、電気やガスの心配をしなくてもすむように。

当然のことながら、これから支払わなくてはならないのは、エネルギー代だけではない。アパートメントの家賃に交通費、それにボブのことも考えなければならない。バスに乗りこんで二階の座席にすわると、ぼくは封筒の裏に数字を書きつけた。すべて考えあわせると、あと百五十ポンドは必要だ。しかも二、三日以内にこれだけ稼がなくてはならない。気が遠くなりそうなほど、大変だ。でも、なんとかしなければ。

まずは、ぼくの主な収入源であるビッグイシューの売り上げを伸ばすこと。イズリントンのエンジェル駅前がぼくの仕事場だ。この雑誌の販売の仕組みを理解している人は、あまりいない。ビッグイシューはホームレスの人が売っていくらかの収入を得る〝フリー〟マガジンではない。母体のチャリティー団体は、ベンダーたちの経済的な〝自立を支援する〟のを目的としている。ぼくたちは雑誌を一定の価格で買い、それを定価で売り、その差額が利益となる。その利益で、なんとか生活していこうとしているのだ。

このクリスマスは、雑誌の販売価格は二ポンドで、仕入れ価格は一ポンド。つまり一部売れると一ポンドのもうけが出る計算だ。いまの状況では、数日間のうちにかなりの部数を売らないとならない。それは、とても無理な相談だった。

エンジェル駅には、ボブとぼくをサポートしてくれる固定客が一定数いる。この場所は、ぼくたちが仕事場として割り当てられる前は、ビッグイシューのベンダーにとっては墓場のようなところだと聞いていた。ぼくたちは、それを変えることができた。多くの人たちが足をとめて話しかけてくれ、毎週決まって雑誌を買ってくれる人たちもいる。それでも、これまで一日でいちばん多く売れたときでも、せいぜい三十部だった。平均的には十五部から二十部くらいだ。クリスマスを無事に過ごすには、ほかにも稼ぎが必要だ。すぐに思いつくのは即興演奏《バスキング》で、これはありだ。ぼくたちはいまでもときどきコヴェント・ガーデンで歌っていて、ここでもよく立ちどまってはお金も出してくれる人たちがいる。ここ数日間は、その回数を増やさないとならない。不可能とはいわないが、とても大変だ。

悲観的になっているわけではなく、現実的に考えていた。これまでもクリスマスの時期に路上で働いたことは何度もあるので、この時期は誰にとっても金銭的に余裕がないことを身をもって知っていたのだ。そういう状況なので、バスキングをする人やパフォーマンスをする人、物乞い、そしてビッグイシューを売る人たちのあいだの競争は、いつもより熾烈なものになる。しかも深刻な不景気で、人々の財布の紐はますます固くなっている。まさに適者生存の状況だ。それならぼくは数日間、状況に適応して生き延びなければならない。そうしないと、ぼくのクリスマスの計画も生き延びることができない。ただ、言うは易《やす》く行うは難《かた》しだ。

エンジェル駅に着いてみると、そこは活気に満ちていたが、残念ながらぼくにとって好ましい感じではなかった。地下鉄のエンジェル駅のコンコースはチャリティー団体、あるいは〝チャガー〟と呼ばれている人たちであふれていた。チャガーというのはチャリティーと強盗《マガー》を組み合わせた造語で、強引に奪い取られたと感じるほどしつこく寄付を募る人に対して使われている。もちろん、ほとんどの人たちはグリーンピース、セーブ・ザ・チルドレン、がん研究基金などの合法的な団体のために働いていて、そういう人たちともめたことはない。ぼくと同じで、そこで活動する権利がある。

問題は、それ以外のより信用ならない〝チャリティー〟を称する人たちが大勢いることだ。彼らは若い、弱い立場の人たちを確保し、通りを行く人の顔の前に募金箱をさしださせている。しかもわずかな賃金で何時間もぶっとおしで働かせる。そういう人たちを警察が立ち退《の》かせているのを、過去に何度も目にしていた。あるときには、抜き打ち検査をしていた。チャリティー団体にそのまま渡るように、募金箱はきちんと密閉されていなければならないのが、そうでないものがあった。別のときには、掲げている許可証がフォトショップで加工されていると指摘されていた。自治体にも、地下鉄を管轄しているロンドン交通局からも認可されていないグループだった。単に都合よく、私利私欲のために金を集めていたのだ。

いうまでもないが、そういう輩《やから》はその場所でほかにどんな人たちが働いていて、どんなルールがあるのか、まったくわかっていない。真面目に生活の糧を稼ごうとしている人たちのことなど、気にもしていない。

今日、地下鉄駅にいるチャリティーの人たちはどうも怪しげだ、とぼくは踏んだ。団体名からして聞いたことがなかった。発展途上国の貧困絶滅のためと称して募金をつのっているが、IDカードは折れてよれよれだ。どうもうさんくさい。でも駅構内で活動するライセンスを持っているのなら、ぼくにはどうしようもない。警察か誰かが確認にきて、もしインチキなら立ち退かせてくれるのを祈るしかなかった。ぼくは駅の外で合法的に働けるが、構内に踏みこんで雑誌を売ることはできない。駅構内で、彼らは思う存分活動していた。

ぼくの立場からすると、電車から降りた人たちに、チャガーたちが先に声をかけることになるのは困ったことだ。しかもほどなく、事態はさらに悪化した。

夕方になると、チャガーたちが構内だけではなく、駅の外にまで出てきたのだ。あっという間に各出口に立ち、通る人にことごとく声をかけている。

これに不快感を覚えたのはぼくだけではなかった。ぼくの持ち場の向かい側には、花売り場と新聞販売所がある。その店主たちも、駅の出口付近を独占しはじめた連中に腹を立てていた。雑誌やバラの花束、あるいはビッグイシューに使われていたかもしれない小銭を彼らは独占しているのみならず、人々をその場から蹴散らしていたからだ。通る人を、不快な気分にさせているのだ。

見ていると、駅から出てくる人たちはチャガーたちと目を合わさないようにうつむき、その延長で誰とも目を合わせないように立ち去っていく。ぼくが声をかけようにも、連中の声にかき消され、無駄だった。そうなると雑音と同じで、誰の耳にも届かない。

ボブは、落ち着きをなくしてきていた。ボブはロンドンのたいていの騒音には動じないが、募金箱を振る音が気に障っているようだった。ボールのように丸くなり、目を細めている。はっきりと不満を感じている合図だ。一度は、近くに寄りすぎたチャガーに対してシャーと声を立てた。ぼくも、イライラが募ってきた。一時間半かけて、売れたのはわずか二部だけだった。このペースでは、ガスや電気代はおろか、家に帰るバス代だって稼げるかどうか怪しい。

こういうことはよくあるので、どこかの時点で何かが起こる予感はしていた。そして、実際にそうなった。

ぼくがなじみの客に雑誌を販売していたときのことだ。チャガーのひとりがぼくの持ち場に近づいてきた。大男で、身長六フィート、体重は百キロ以上ありそうだ。鮮やかな発光性の黄色い作業服を着ている。駅から出てきて、募金箱を振りまわし、こちらに近づいてくる。ぼくたちとの距離はどんどん縮まっていた。

「すみません。距離を空けていただけますか？」男が数フィートまで近づいたとき、ぼくはできるだけ丁寧な口調で言った。

それに対する男の反応は、あまり丁寧ではなかった。

「なんだよ！　こっちだってここにいる権利はあるんだからな！」彼は言い、ラミネート加工された許可証をぼくの顔の前に突きつけた。

ぼくはそれをやり過ごし、馬鹿な真似はするなよ、と自分に言い聞かせた。

足元に目をやると、ボブはぼくの両足のあいだの狭い場所に身体を押しこめていた。追いやられた格好で、いかにも心もとなさそうだ。ぼくはボブを抱きあげようと、かがみこもうとした。するといきなりそのチャガーが近づいてきて、ボブのすわっているリュックサックにブーツを履いた片足を載せた。

ニャアー！　ボブの甲高い声が響きわたった。

「ちょっと。離れてください。いまぼくの猫を踏みましたよ」ぼくは男につめ寄った。

男はボブを見下ろしてあざ笑った。

「そもそも、なんだってここに獣がいるんだ？」

もう我慢ならない。ぼくは本気で怒った。ぼくは男を近くから追いやった。男はこちらに向かって怒鳴ったが、ほどなく警察官がやってきてぼくたちを引き離した。いつもこのあたりを見まわりに来ている顔見知りだった。

「ほらほら、離れて。どうしました？」

警察官は、話をわかってくれた。男に対して自分の決められた場所にいるよう命じると、彼はしぶしぶ従った。感じの悪い男で、コンコースからぼくをにらみつけてくる。警官が立ち去ったら、またちょっかいを出してくるかもしれないと思ったので、ぼくは決めた。ボブをここにはいさせられない。場所を移らなければ。荷物をまとめて、別の出入り口から駅に入った。例の男が気づいたときには、ぼくたちはもう改札を抜け、地下に降りるエスカレーターに乗っていた。

コヴェント・ガーデンに行くことにした。雑誌をもう何部か仕入れられるかもしれないし、無理なら一、二時間ほどバスキングをすればいい。家に帰るにはまだ早い。これから先、天気はさらにひどくなるかもしれず、もしかしたら一カ月くらい家に閉じこめられる可能性もある。どんな機会でも、最大限に活かさなければ。

地下鉄に乗ったのは、主に暖をとるためだった。いつもどおりボブには好意的な視線が注がれていたが、なかには冷ややかな視線もあり、ときおり悪口も聞こえてきた。

「あなた、かわいそうな猫ちゃんに何をしているの?」と年配の女性が声をかけてきた。

「だいじょうぶですよ。心配いりません」ぼくは言ったが、その人は納得せずに説教をはじめた。

もう何千回と、同じような会話を繰りかえしている。ボブがぼくを選んだのであって、逆ではない。機会はいくらでもあったので、いつでもぼくのもとを去ることができた。でも、ボブは立ち去らずに、ぼくといっしょにいることを選んだ。それはボブが決めたことだ。でもこのときには、疲れていて寒くて、クリスマスのことも気がかりで、説明をする気にもなれなかった。それで次の駅で降りて、プラットホームを少し歩いて別の車両から乗りなおした。ありがたいことに、その車両ではみんなぼくたちのことをそっとしておいてくれた。

決められた場所以外のところでビッグイシューを売って、問題になるのは避けたかった。そこでコヴェント・ガーデンのビッグイシューのコーディネーターのサムと話をして、確認するつもりだった。残念ながら、彼女の姿はどこにも見当たらなかったので、ギターを出してバスキングをする以外になくなった。ジェームズ・ストリートのはずれ、ピアッツァの近くに場所を見つけた。かつて何年もギターを弾いていた場所だ。

凍えるような寒さのなか、バスキングをするのは楽ではなかった。しかも寒さでギターのネックがたわむことがあり、しょっちゅうチューニングしなおさなければならない。あまりの寒さに、弦が切れてしまうこともあった。でもギターをかき鳴らしはじめると、いちばんつらいのは指先だった。ぼくは指のあいた黒い手袋をしていた。エンジェル駅の固定客がプレゼントしてくれたのだ。ぼくがずっと手をこすり合わせているのに気づいて、急いで買いにいってくれた。でもその手袋も、寒さから指先を守ってはくれない。スチールの弦に触れると、指先には燃えるような痛みが走った。いい音も出なかった。あまり身が入っていない音色だった。

それだけならまだしも、ギターの音はそもそもあまり人々の耳に入っていなかった。このエリアはストリート・パフォーマーたちでごった返していたのだ。ほかのバスカーに道化師、それに生きた銅像までもが注目を集めようと張り合っているので、さまざまな音が入りまじっている。かなりの騒音だ。存在に気づいてもらおうと思ったら、アンプがなければ無理そうだった。

場所をあらためることにして、ポケットを探ってこれまでの稼ぎを確認した。残念なお知らせだった。五時間外にいて、十ポンドにもなっていない。がっかりだ。

ニール・ストリートは少しましだった。

かなり不思議な雰囲気だった。いくつかの店は、とても忙しそうだった。とくにアメリカン・スタイルのパーカーを売っている店はにぎわっていた。若い人や、おそらくこんなに寒いと思わずにやってきた観光客が、おしゃれな防寒着を求めているようだった。モンマス・ストリートでは、有名なコーヒーショップの前に長蛇の列ができていた。だが多くの店は、とくにバーやレストランは閉まっていた。通りの一部は人気《ひとけ》がなく、非現実的な感じだった。ぼくたちはパーカーを売っている店の近くに腰をすえた。何人かが足をとめてボブに声をかけて写真を撮った。ボブはいつでも写真写りがいい。それでいくらかコインが集まりはしたものの、あまり稼げない日だというのははっきりしてきた。

一瞬、ボブと暮らしはじめたばかりのころを思いだした。ある男性が何気なく二百ポンドをぼくにくれたのだ。まったく予期していないことだった。その人は、とくにお金持ちにも見えなかった。レザージャケットとジーンズといういで立ちだった。お札を丸めてぼくの上着のポケットに入れて「これ、どうぞ」と早口で言っただけだった。五ポンド札が何枚かだろう、と思っていたところ、見てみたら五十ポンド札が四枚だった。驚いてその男の人の姿を探したが、もう人ごみのなかに消えてしまっていた。おそらくミュージシャンか俳優だったのではないだろうか、と思っている。顔を見て気づくべきだったのかもしれないが、わからなかった。

「今日も二百ポンドくれる人がいるといいよな、ボブ」ぼくは言った。

誰だって夢を見ることはできる。風はいつもニール・ストリートを吹きおりてくる。午後も遅い時間になってきて、もうボブをこれ以上寒いなかすわらせておくのはよくない、とぼくは判断した。

「おいで。今日はもう帰ろう」ぼくは言った。帰り支度をしていると、声をかけてきた人がいた。

「ジェームズ、待って」

見ると、こちらに向かって中年の女性が走ってくる。何年もぼくたちを支援してくれているジェーンだ。彼女は少し息を切らしていた。

「ずっと探していたのよ。会えてよかった」

そう言って、彼女はおしゃれなギフトバッグをさしだした。何をくれたのか理解するのに、少し時間がかかった。真っ赤な帽子で、てっぺんにはベルがついている。それに白い縁取りのある赤い上着。

「わあ、すごい。これ、ボブのサンタさんの衣装だね」ぼくは言った。

「このあいだお店で見かけて、買わずにはいられなかったのよ」

何年かまえ、ベルも同じような衣装をボブにつくってくれた。ミシンで縫ってくれたその服は、でもだいぶまえになくしてしまっていた。新しい服は、上等なものだ。ジェーンは高い買い物をしてくれたのだろう。

我ながらひどい。こんなに思いやりのあるプレゼントを用意してくれる人がいるなんて本当にありがたい、と思う気持ちはあった。でも一方で、ボブとぼくがクリスマスの休暇のあいだ部屋を暖めるのに、これはなんの役に立つのだろうと思う自分もどこかにいた。

ジェーンはひとしきりおしゃべりをして、それからぼくにクリスマスカードをくれた。

「何か必要なものがあれば、連絡してね」彼女は言った。「なかにわたしの電話番号を書いておいたから」

携帯電話は二週間ほど充電していないこと、この先もしばらくはそのままだろうということを、その場では恥ずかしくて言えなかった。

ジェーンがコヴェント・ガーデンのほうに戻っていくと、ぼくはカードを開けた。なんとカードには十ポンド札がはさんであった。うれしいのと同時に、先ほど感謝のない思いをいだいたことに罪悪感を覚えた。追いかけてジェーンを探してお礼を言いたい気分だったが、彼女はもう人ごみのなかに消えていた。

ぼくたちはセブン・ダイヤルズ経由でトッテナム・コート・ロードに戻った。もうクリスマス間近、という雰囲気だ。街角の映画館に家族連れが列をなしているのが見える。赤ちゃんを抱っこしている人たちもいる。ぼくはパントマイムを観に行ったクリスマスのことを思いだした。

学校の合唱団が歌っているのも目にした。寒いなか、歌を披露しているのを家族や友人たちが励ますように見守っている。聞こえてくるクリスマス・キャロルは、すぐにわかった。〈ウェンセスラスはよい王様〉だ。

あまりの皮肉に、ぼくは思わず首を振っていた。やさしい王様が〝冬支度〟をする〝貧しい人〟を助ける歌詞なのだ。

「なんと。ぼくたちみたいだな、ボブ」ぼくはボブの頭をなで、トッテナム・コート・ロード駅に向かった。

いまの歌詞を聞いて、少しは気が楽になってもいいはずだった。クリスマスに大変な思いをしているのはぼくが最初というわけではなく、最後でもない。でもいまのぼくにはあまりなぐさめにはならなかった。

バスに乗ると、今日の稼ぎを数えた。最後のジェーンの寛大なギフトも含め、二十五ポンドあまり。電気を復旧することはできる。それにミルクやパンなどの日用品を少し買うくらいならなんとかなるが、それだけだ。ガスの復旧は無理なので、一週間ぶりの熱いシャワーは、まだお預けだ。ここまで冷たいシャワーでなんとかきた。もう一日ぐらい冷水を浴びても死ぬことはないだろう。

足を引きずりながら家路につくぼくの気持ちは沈んでいた。この先の一週間はどうなってしまうのだろう、という焦りもあった。百五十ポンドという長期的な目標が、手の届かないものに感じられた。このままやきもきしながらクリスマスを過ごすのだろうか。少し金が手に入るたびに近所の店に走っては、ガスと電力の供給を再開するはめになるのか。

気温は日に日に下がっていくようだった。身を切るような風が吹きつけ、ボブはぼくに身体をますます固く巻きつけてきて、顔をぼくのコートの襟のなかにうずめているような格好だ。

「悪いな、ボブ。でも慣れてもらわないと。長い、寒いクリスマスになりそうだ」アパートメントの部屋は、まだ冷えきっていた。

ぼくたちはソファで身を寄せあって、一枚のみならず二枚の毛布をかけて寒さをしのいだ。

4　アッパーストリートの奇跡

ボブの知性にはいつも驚かされる。朝ぼくを起こすのにも、さまざまに工夫をこらしてくる。

ぼくは眠りが深いたちだ。近くで爆音がしてもまったく気がつかないくらいに。そこでボブはぼくを眠りから覚ますのに、巧妙なやり方を考えてきた。

そのうちのひとつは、マットレスに前足を載せ、ぼくの顔を真正面にとらえてミャアーと声をあげるというものだ。あともうひとつ、確認したことはないものの、たぶんそうだと思うのは、自分のお気に入りのヨレヨレのネズミのおもちゃをぼくの枕に向かって投げるやり方だ。目が覚めたときに何度か、そのネズミがぼくの鼻から数インチのところにあった。ボブのしわざでもなければ、説明がつかない。

今日は、さらに別のやり方できた。となりに来て、ぼくの頭の横に自分の頭を置いて、喉を大きくゴロゴロ鳴らしはじめたのだ。ぼくはぐっすり眠っていたようで、目が覚めてもそれがなんの音なのかわからなかった。部屋の外の廊下で誰かが空気ドリルで作業をしているのかと一瞬思った。それであわてて身体を起こした。

こういうとき、ぼくはボブを叱ることができない。どうしたって無理だ。毎朝、いちばんに目にするのがボブのハンサムな顔だというのは、ありがたいことなのだから。今日みたいに、こう訴えかける表情であっても。「起きろよ、ねぼすけ。もう三十分も朝ごはんを待ってるんだからな」

昨晩電気代をチャージしてから、疲れきっていたぼくはぐっすり眠った。無意識に九時ごろ目を覚まし、静かに横になったままぼくの運命を左右するメーター音に耳を澄まさずに済んだのは救いだった。

その日はきちんと起きだしたときには、ゆうに十時は過ぎていた。ベッドから下りると、たちまち寒さがこたえた。気温はたぶん氷点下だ。居間に足を踏みいれながら、ここには天井からつららがさがっていてもおかしくない、と思ったくらいだ。キッチンでも震えながらボブの朝ごはんの支度をし、お湯を沸かした。熱い紅茶を飲めば、生きかえった心地がするだろう。今日も外に出て働くことは決めていた。昨日は大変だったが、そんなことでくじけてはいられない。ぼくはテレビをつけて、とたんに後悔した。ちょうどニュースで天気予報をやっていたのだ。地図は一面雪のマークで、さらに雪の日が続きそうだ。

「最高じゃないか」ぼくはため息をついた。「出かけるにはおあつらえ向きだ」

残念ながら、ぼくには選択肢がない。どうしてもまた外に出なければならない。たとえ数時間でも働かないわけにはいかない。

いつもどおり、ボブには家で留守番をするかどうか選ばせた。過去数週間で、ボブは何回かアパートメントに残る権利を行使した。それはまったく問題ない。ボブがいっしょのほうがぼくの仕事がうまくいくのは言わずもがなだ。ぼくはひとりでは、その他大勢の目にとまらない路上の人だから。でも、ぼくはボブの主人ではないというのは、最初からはっきりしている。どんな人であっても猫を〝所有〟することはできない。ボブは好きなようにする自由があるので、暖房器のそば、あるいは最近ではソファの上から動かないようなら、ぼくはその意思を尊重してそっとしておく。ところが今日は、ぼくがギターとリュックサックを持つのを見ると、ボブは一目散にドアに向かった。

「わかったよ。いっしょに行こう。今日も寒くなりそうだぞ」

ぼくはサンタの衣装をとり、ボブに着せた。とてもかわいい。しかも暖かそうなので、ダブルの効果だ。ボブのマフラーのなかでいちばん厚手のものも、荷物に詰めこんだ。

外に出ると空は鈍色《にびいろ》で、氷点下の向かい風がぼくたちを直撃した。そのなか、まだ凍っている通りをバスの停留所まで歩いた。

バスはがらがらだったので、ぼくたちはお気に入りの場所を確保できた。二階のいちばん前の席だ。ボブはここにすわって、通りすぎていく景色を眺めるのが大好きなのだ。ぼくのほうは天気が気になって、おそろしげに暗い空を見上げてばかりいた。ぼくは気象学者ではないけれど、天気は悪化していて、ひどいことになりそうだった。雪が降りだすのがもっと遅く、できれば夜になってからにしてほしいと思っていたが、もっと早くに降りだしそうな気配だ。そしてその予感は当たった。

ぼくたちがちょうど半分くらいまで来て、地下鉄のエセックス・ロード駅に近づいたとき、雪が降りはじめた。みるみるうちに、景色が変わっていく。砕いて乾燥させたココナツが詰まっていて、振ると吹雪が起こるクリスマスの飾りの中身のようだった。一度、窓の外がはっきりと見えた。だが次の瞬間にはオフホワイトの雪で、何も見えなくなってしまった。

交通も動かなくなり、数分のうちにバスもとまった。左右の窓を見ると、車も滑ってしまっていて、少し先では事故があったようだ。運転手は申し訳なさそうに、その事故の処理が終わるまで待機しなければならないとアナウンスで告げた。ここでぼくは決断をした。

「おいで、ボブ。あと少しは歩いていこう」

雪に備えて、ボブが頭を出せるように穴を開けたビニール袋を持ってきていた。一カ月くらいまえに最初に雪が降ったとき、ぼくはビニール袋で間にあわせの防寒具をつくった。それがなかなかよかったので、それ以来、スーパーマーケットのレジ袋を、念のためいつでも持ち歩くようにしていたのだ。ボブにこの即席ポンチョを着せると、ぼくはバスを降りた。

ふだんならそこからエンジェル駅までは歩いて二十分くらいだったが、雪が激しく降っているのでその倍はかかるだろう。あまりの寒さに、何度か少し暖をとるために立ちどまったくらいだ。何カ所か、ほかのところとはちがってボブとぼくを歓迎してくれる場所があった。少なくとも、そのつもりでいた。だが予期しない展開が待っていた。

雪は激しく降っていて、ここ一週間くらいのあいだに踏み固められた雪の上に積もっていた。そこを歩くのはとても大変で、ボブが下に降りようと動くので、ますますバランスがとりにくい。ボブは雪の上を歩くのが大好きで、駆けまわりたいのだ。

「だめだよ、ボブ。そこにいて」ぼくは何度か声をかけ、ボブの背中に手をおいて、落ち着かせた。

ボブは不満そうだったが、言うことは聞いた。

ちょうどボブにそう声をかけていたときに、雪合戦をしている子どもたちに気を取られた。無邪気に遊んでいただけだが、ボブを肩に乗せたぼくのほうに玉が飛んでくるのを警戒したのだ。それがかえって災いのもとだった。

子どもたちが雪玉をどこに向かって投げているかに集中していたので、足元への注意がおろそかになっていた。ちょうど少し先に、黒い氷が張っていた。ブーツがその氷に乗ったとたんに、両足をとられた。

「うわっ!」

「ニャー!」

ぼくたちは、同時に叫んだ。

さいわいボブは猫なので、安全に足で地面に着地した。ぼくのほうは、そう運よくはいかなかった。思いっきり腰を打ち、激痛が走った。

あまりの痛みに、うめきながら数分間は雪の上に倒れたままになっていた。ボブはすぐにぼくのそばに来た。最初は、状況判断をしているようだった。

「今度は何をやらかしたんだい?」そんなふうに言いたげな表情だ。

だが、まもなくぼくが本当に痛みに苦しんでいることを理解した。そしてにおいをくんくんとかぎ、ぼくの脚に前足をかけた。そこが痛むのをわかっているようだったが、まさに正解だった。

何が起こったのか状況を確認すると、実はぼくは運がよかったのだとわかった。ギターとリュックサックを背負っていたので、それが頭を守ってくれたのだ。そうでなければ、深刻な事態になっていたかもしれない。気を失っていたか、もっとひどいことになっていた可能性だってある。

ここまでがよかったことだ。残念なのは、ギターが地面に強く打ちつけられたことだった。

気持ちが沈む。
とりあえず起きあがって近くのオフィスビルの入り口まで行った。そこで膝をついてギターケースを開けてみた。想像していた最悪の事態が、現実のものとなっていた。このギターは二〇〇二年ごろ、〈ハイパー・フューリー〉というバンドで活動していたときから使っている。知り合いのスペイン人、ピッチャから五十ポンドで買ったものだ。スチール弦の黒い金原《Kimbara》のアコースティックギターで、エッジは赤い。もうだいぶ傷がついて、くたびれてきてはいた。バスキングをするのに移動中、バスや地下鉄で人にぶつかっていたからだ。テープを貼ったりしなければならないことも、何度かあった。でも今回のダメージは、そんな程度ではなさそうだ。転んだときにギターが思いっきり衝撃を受けたようで、ボディーの表板が緩んでいる。

これではまったく使いものにならない。

胃がむかついてきた。いまのぼくの状況は切羽詰まっていて、そこから抜けだせるふたつの手だてのうちのひとつがこのギターなのに。それが壊れてしまった。どうすればいいのだろう。この先、ぼくの行く手にはどんな試練が待ち受けているのだろうか。

ボブはぼくの気持ちを察するのに長《た》けているので、すぐにぼくが落ち込んでいることに気づいた。ビルの入り口にすわっているぼくの膝に乗り、ぼくの顎の下に顔をもってきて、首に顔をこすりつけながらゆっくりと喉を鳴らした。「だいじょうぶだよ。なんとかなるから」と言ってくれているようだった。ボブには、ぼくの気分を上向かせる特有の才覚がある。ぼくはその場にすわったまま、考えをまとめ、気力を取り戻した。

「うん、そのとおりだ。ぼくはまだ立てる。さあ、行こう」少し経ってからぼくは言った。

ほかに選択肢はない。先を急がなくては。

ありがたいことに、それから数分間は雪が少し小降りになったので、エンジェル駅まで足を引きずりながらたどりつけた。持ち場についてからも、ぼくはまだ先ほどの気分を引きずっていた。ボブのポンチョを脱がせ、仕事の準備をはじめる。ポケットにあった〝オイスターカード〟（交通カード）を見ると、それも転んだときに傷んでいた。半分に折れて、割れかかっている。この状態では、地下鉄駅やバスで使うことはできない。これも痛手だ。

まもなく、よく足をとめて話をするポールが通りかかった。彼は〈ビッグイシュー〉を買い、五ポンド渡してくれた。ポールはこの日、坊主頭で首にタトゥーを入れている、ごつい男性といっしょだった。

その男性は、すぐにポールに食ってかかった。

「なんだって、そんなことするんだよ」

「え？」

「五ポンドさ。見てみろよ、この男を。その金でヤクでもやるのがオチだぞ」

「この人はそんなことしないよ」ポールは言った。「自立しようとしているんだ。変なこと言うなよ」

一瞬、ふたりは喧嘩をはじめるのではないかと思った。仲裁に入らなくては、と身構えたくらいだ。さいわい、巡回していた警察官がその存在感を示したので、ふたりは歩きだした。

それでも言いあいは続けていて、ふたりとも大きな声を出して腕を振りまわしていた。ぼくは悲しくなったが、驚きはしなかった。路上で働きはじめてから、ぼくが目《ま》の当たりにした反応の要約みたいなものだ。

人によっては、ぼくを信用して手を貸そうとしてくれる。でも、そうでない人もいる。それだけのことだ。

そろそろ午後も半ばだ。バスがゆっくりしか進まなかったのと、ぼくが転んだのとで、だいぶ時間をロスしていた。もうあまり長くはここにいられない。耐えられなくなるほど寒くなってしまう。うれしいことに、ボブのサンタクロースの衣装は、すぐに人目をひいた。

「ねー、見て。すっごくかわいい」ひとりのアメリカ人観光客が声をあげたのを機に、そのあと数時間ボブは大人気だった。日が暮れるころには、同じフレーズを五十回以上は聞いたと思う。みんな、ついつい足をとめて写真を撮りたくなるのだ。しかもありがたいことにその人たちのほとんどが、雑誌も買ってくれた。ぼくもそれで少し元気を取り戻した。

夕方になると、駅を通る人が増えてぼくの商売はますます繁盛した。手持ちの雑誌が売りきれたので、ビッグイシューのコーディネーターのところに行って、追加分を購入することにした。売れ行きに気をよくしていたので、稼いだ金のほとんどを追加分の雑誌に再投資した。一種の賭けだったが、ここは自分の感覚を信じてみようと思ったのだ。

ボブはいつでも、ここぞというときに自分の魅力を最大限に発揮してくれる。今日も、ぼくの状況を巧みに察したようだ。ぼくたちには、見ている人たちが喜んでくれるちょっとした芸がいくつかあった。たとえばおやつを使って、ボブを後ろ足で立たせる。ときにはボブはぼくの腕にしがみつき、ぼくがそのまま腕をあげると宙に浮く。今日、ボブは自らこうした遊びをはじめるようなそぶりを見せた。好機と見て、こう言っているかのようだった。〝さあ、このチャンスを逃さないようにしようよ〟。天気はまだ悪かったが、それでもありがたいことに雪は弱まっていた。

調子がいいのはわかっていたものの、路上での大切な原則も思いだした。稼いだ金は財布に入れ、コートのポケットの奥深くにしまった。用心に越したことはない。過去にここでスリに遭ったり、からまれたりしたことがあった。今日だけは、そんな日に遭ってはたまらない。耐えられそうにない。

ここまででも、充分いろいろなことがあった一日だった。悲劇的な感じではじまったが、だんだんと上向いてきた。でも実はこのあと、もっと、ものすごくいいことが待っていた。

四時半ごろのことだった。一年のこの時期にはもう暗い時間帯に、おもしろいことがはじまった。ぼくたちがこのエンジェル駅の外に長い時間いるのは、約二週間ぶりだった。来たときには悪天候で、あるいはたちの悪いチャガーを避けてすぐに移動していた。今日はチャガーの気配はなかった。ここにいるのはぼくたちだけ、という状態になれたのはいい気分だった。しかも、みんなぼくたちを見て、心から喜んでくれているみたいだ。

ぼくたちがいないことで、みんながさみしい思いをしていたのに最初に気づいたのは、ダーウィカーとエイミーが地下鉄駅から出てきたときだ。

「あら、こんにちは。ふたりともどこに隠れてたの？　暖かいところにいたならいいけど」ダーウィカーが言った。

まさか彼女に、イグルーなみの寒い家にいるとは言えない。

ぼくは転んだ話をして、悲惨な状態のギターをふたりに見せた。

「ちょっと待ってて」エイミーは言って、駅のなかへと姿を消した。

そして大ぶりの粘着テープを手にして戻った。

ぼくたちは表板を修理した。ギターの裏側には太いテープがベタベタと貼られたが、構わない。弾いてみると、ちゃんと音が出たので、必要に迫られたらバスキングもできる。

だが、その日はバスキングをすることはなかった。そこにいるだけでよかったのだ。ラッシュアワーになると、仕事帰りのなじみの人たちが大勢通りかかった。アンジェラという女性は、いつでも熱心にぼくたちを支持してくれるひとりだ。彼女がこちらに向かってくるのが、遠くから見えた。うつむいて元気がなさそうだったが、ぼくたちに気づくと、あっという間に態度が変わり、ほとんど小走りになってこちらに来た。優に七十は超えていると思うので、すごいことだ。

「ああ、よかった。クリスマス前にはもう会えないんじゃないかと思っていたのよ。こんなにひどい天気だし」アンジェラは急きこんで言った。

「今日もいますし、このあとも何日か続けて来る予定です」ぼくは言った。「休暇を生き延びるのに、稼がないとならないので」

「あ、そうそう」アンジェラは急にハンドバッグを探りだした。「あら、どこにいっちゃったのかしら。ここ二週間ぐらい、ずっと持ちあるいていたのよ。会えたら渡そうと思って。あったわ。さあ、どうぞ」そう言って、彼女は白い封筒をさしだした。

クリスマスカードだ。

「どうもありがとうございます」ぼくは言い、お返しのカードを持っていないのを後悔した。「クリスマス用に少し入れておいたから。この時期は、大変ですものね」

「アンジェラ、お心遣い本当にうれしいです。ありがとう」

すぐにでも開けたかったが、本人の前でそれははばかられた。アンジェラはひざまずいてボブをなで、ぼくたちはもう少しおしゃべりをした。十分以上はいっしょにいたと思う。

彼女が立ち去ると、ぼくは我慢ができなくなった。さっそく封筒を開けると、四十ポンドが入っていた。安堵と感謝の入りまじった、不思議な感覚にぼくはおそわれた。こんなに寛大な人がいるなんて。

「さあ、いくぞ、ボブ」ぼくは満面の笑みで、ボブにおやつをあげた。ボブはすぐに後ろ足で立ち、どんどん増えていく駅周辺の人たちから、「わぁー!」「えー!」という感嘆の声が聞こえてきた。カメラ付携帯電話を持っている人たちは、一斉に写真を撮っている。夏にはこういうことはよくあったが、寒いこの時期にはめったにないことだ。また注目してもらえるのは、うれしい。しかも売り上げにもつながるのなら、なおいい。

アンジェラからもらったお金をコートのポケットにしっかりとしまうと、別のなじみの客が現われた。

「お、仲良しコンビじゃない。クリスマス前に私たちに会いに出てきたのね」彼女は言った。

彼女も封筒をさしだした。「たいしたことないけど、この時期にあなたたちのことを考えているって、伝えたくて」

このころには、みんなから自然とほとばしり出てくるようなやさしさに、ぼくはすっかり感動していた。

「すごいよ。みんな、なんてやさしいんだろう。今日、どのくらいの人がカードを渡してくれたか、わからないくらいだ」女性のカードに、十ポンドが同封されているのを見て、ぼくは言った。

「クリスマスって、そういうことでしょう?」彼女は言った。「お互いに思いやりを示すこと。自分たちより恵まれていない人に対してはとくにね」

そのあとの二時間で、ぼくはさらに半ダースのカードを受けとった。そのうちのひとつには、〈マークス・アンド・スペンサー〉の商品券が入っていた。これもうれしい。あそこの食料品は、ふだんのぼくには手が出ない。三通には、お金が同封されていた。封筒を開けて五ポンド札や十ポンド札が目に入るたびに、ぼくは天にものぼる気持ちだった。でも心を動かされたのはお金に対してだけではなかった。カードのメッセージを読んで、何度か涙ぐみそうになったのだ。

どうやらぼくたちがここに来られなかったあいだにも、大勢の人たちがカードを渡そうとしてくれていたことがわかってきた。夕暮れも遅い時間になってくると、百ポンド近くが手元に集まっていたと思う。ぼくは夢心地だった。一種の奇跡だと感じた。ハリウッド映画のようにニューヨークの三十四丁目ではないが、ここ、アッパーストリートで奇跡が起こったのだ。これまで感じていた心配ごとは、消え去っていた。転んだときのズキズキとする痛みさえ、忘れていた。ぼくの心はすでに未来へと飛んでいて、マークス・アンド・スペンサーでどんなおいしいものを買おうか考えていた。

「人生って不思議だよな」ぼくは心のなかでつぶやいた。「二十四時間前には、クリスマス・ディナーにありつくのにシェルターかフード・バンクに行かなくてはならないだろうと思っていた。それなのに、いまは濃厚なキャラメル・プディングのことを考えているんだから」

ボブのことを思うと、必要以上に長く寒い場所にはいたくなかったが、あと三十分ほどそこにいた。そうすれば帰りの遅くなったなじみ客にも会えると思ったからだ。おかしな話だが、ぼくたちにいいクリスマスを、と声をかける機会をみんなからなくしていたのかと思うと、罪悪感を覚えている自分がどこかにいた。最近ぼくたちを見かけないので、大勢の人たちががっかりしていたという。またがっかりさせるようなことはしたくなかった。

思ったとおり、そのあとに来た人たちもぼくたちを見て、無事に元気でいることを喜んでくれた。

「きみたちが、ロンドンを離れたという話を聞いたからさ」ある男性は言った。

別の女性は、ぼくたちは重い病気にかかっていると聞いたという。なんだか一種の里がえりのような気分になってきた。みんな、まるでぼくたちが帰ってきたヒーローかのように歓迎してくれた。外気は零度に近づいていたが、ぼくの心は温まっていた。

最終的にボブとぼくは夜七時半にその場をあとにした。

いろいろとあったので、オイスターカードが曲がっていることはすっかり忘れていた。バスに乗り、なんとかまっすぐにしようと力を加えたが、うまくいかなかった。

人によっては、そんなカードでバスに乗車することを許さないだろうが、そのときの運転手は親切な人だった。

「貸してごらん」カードの読み取りに失敗したぼくに、彼は言った。

慎重にカードをいじっていたと思うと、見事にまっすぐに戻した。そして驚いたことに、彼がリーダーにかざすと、カードはいつもどおりの認証音を立てた。

「はい、どうぞ」運転手はにっこりして言った。

「ありがとう！　本当に助かったよ」ぼくは答えた。

バスの進行は相変わらずゆっくりだったが、もう気にならなかった。頭のなかにはさまざまな思いが駆けめぐっていて忙しかった。ぼくは本当にうれしかった。そして自分でも意外なほど、感動していた。ぼくたちはエンジェル駅である程度人気があるのは自覚していたが、みんなが、ここまで深い愛情を持っていてくれるとは思ってもみなかった。そのことが、ぼくの感情をゆさぶったのだ。

なんて恵まれているんだろう。

クリスマスの飾りで窓が照らされている家の列を眺めながら、ぼくは自分の運のよさを思った。たしかにこれまでの人生には困難も挫折も多く、自ら招いたものも少なくなかった。でもずっと一貫していたことが、ひとつだけある。いつも、思いやりのあふれる人たちがいてくれたのだ。ケアワーカーに薬物依存症更生プログラムのカウンセラー、アウトリーチ・ワーカー、それに路上で働いているときに話しかけてくれるふつうの人たちも。ロンドンの評判はよくないが、善良な人たちがいっぱいいる。いま乗っているバスの運転手もそうだ。いい人たちは、とても多い。一人ひとりの思いやりのある行動は、ささやかなものかもしれない。でもそれが積み重なって、たぶんぼくの命を救ってくれた。

今日エンジェル駅の外で起こったことは、その最高の例だ。ぼくたちのところに来て、カードやお金を渡してくれた人たちの顔を、ぼくは思いうかべた。誰ひとりとして、そんなことをしなくてはならない義理はない。みんな自分の良心に従い、クリスマスの精神に則ってしてくれたことだ。例の謎めいた、魔法のような、ぼくを当惑させてきたクリスマスの精神に。ぼくは感謝の気持ちでいっぱいだった。

そのことで、別の思いが出てきた。感謝の気持ちをきちんと示していなかったことに、罪悪感を覚えたのだ。それも、今日だけのことではない。もっと若いときだったら、それもある程度許されていたかもしれない。怒っているか、ハイになっているかのどちらかで、ぼくはきちんとお礼を言える状態にないことが多かった。でもそれはもう過去のこと、ほぼ別人だったときのことだ。いまのぼくは、ちがう人間になっている。ありがとうと言えない理由は何もない。しかもいまは、感謝を伝えるのに一年のなかで最適な時期だ。バスの座席で、ぼくはある決意をした。ぼくには機会があるのだから、それを活かそう。小さな啓示のようだった。

アパートメントに帰る途中、ぼくはコンビニエンスストアに寄り、電気とガス、両方に課金した。四十ポンドずつ、計八十ポンドだ。これでクリスマスのあいだ、それにその先も当面安心だ。こんな変化が自分の身に起こったことが信じられない思いだった。数年前のぼくだったら、こんなにまともな判断をすることなど、とうていできなかった。稼いだ金をドラッグに使ってしまっていた。でもいまは、人生に対して当時とはちがう考え方をするようになった。さらに、自分以外にも面倒を見る対象がいる。

ボブはおとなしくぼくの肩に乗っているが、寒くて疲れているのはわかる。早く部屋を暖めて、ボブが暖房器の前でくつろげるようにしてあげたい。

ぼくはミルクとボブ用のおやつを、カウンターに置いた。

「以上でよろしいですか?」レジの男性が訊いてきた。

「あ、ちょっと待って」ぼくはバスのなかで決意したことを思いだした。

店の文房具を置いているところに向かう。クリスマスカードの品ぞろえは、豊富ではなかった。ほとんどの人は、何週間もまえにカードを買い終えているのだろう。それでもぼくは、シンプルな季節の挨拶が印字された箱入りのカードを見つけた。ひと箱に十二枚カードが入っていて、それが六箱積んであった。ぼくは二箱、手にとった。

「ずいぶんお友だちが多いんですね」精算をしながら、レジの男性が言った。

何気ない感想で、彼は客に愛想よく声をかけようとしただけだろう。でもぼくは、考えた。

「たしかに、君の言うとおりだ」ぼくは微笑んだ。

そして走っていって、残りのクリスマスカード四箱をぜんぶつかんだ。

「これももらうよ」

5　与えることの幸せ

極寒の気候が、またニュースになっていた。翌朝テレビをつけると、一世紀ぶり、一九一〇年以来の寒さだという。番組では、過去二十四時間に起こったさまざまなトラブルを映しだしていた。巨大な雪だまりで動けなくなった自動車やトラック、運休になったフライト、閉めざるを得なかったショッピングセンターや閉鎖された高速道路。ヒースロー空港では、ロンドンに足止めされ、場合によってはクリスマスを越さなければならないと知った旅行者たちが取り乱し、殴りあいの喧嘩まで勃発したと報道している。誰かが〝最悪のクリスマス〟という表現を使っていた。数日前なら、ぼくにもその気持ちがわかった。だが昨日、ぼくは心配ごとから解放された。

とはいえ、完全に危機を脱したわけではない。ベルとボブにそれなりのプレゼントを用意したいし、休暇中に何かあった場合に備えて余分に現金も持っておきたい。携帯電話のバッテリーを充電して、クリスマスに父に電話もしたい。でも出かけようと思ったいちばんの理由は、今日なんとしてでもエンジェル駅に行きたかったからだ。ぼくには、やらなければならないことがある。

ボブに朝食を用意して、自分には温かいシリアルをつくった。

「子ども用のセントラルヒーティング、って広告で謳《うた》ってるよな。三十一歳のお子さまにも効き目があるか試してみるか。なあ、ボブ」と言い、ぼくはシリアルを平らげた。

テレビでは、まだ天気のニュースをやっていた。気象予報士のひとりが、週の後半にはさらにひどい天気が予想され、マイナス十度以下になることが多くなりそうだと言うのを聞いて、もう充分だと思った。

「さあ行こう、ボブ。早く向こうに着けば、それだけ早く帰れるからね」

外の景色は昨日と同じで雪で白かったが、少なくともロンドンの街は動いていた。道路はかなり除雪されていたので、前日とくらべたらバスの道のりは百万倍快適だった。

エンジェル駅に着くと、ぼくはいつもどおり持ち場で準備をはじめたが、ひとつだけいつもとはちがうことがあった。四箱のクリスマスカードを持っていたのだ。昨晩、その半分くらいにメッセージを書きこんだ。ベッドに横になったときには腕と腰が痛かった。残りの半分にはまだ何も書いていなかった。

昨日と同じように、多くの人たちがぼくたちの姿を見て、長らく行方不明だった親戚に再会したかのような反応をしてくれた。

「戻ってきてくれてうれしい。元気が出た」バーナデットが言った。駅から比較的近いオフィスで働いている若い女性だ。

彼女がひざまずいてボブをなではじめると、ぼくはボックスから白紙のカードを一枚出してこう書いた。

バーナデットへ　素敵なクリスマスを。　ジェームズとボブより

そしてぼくの名前の下にハート、ボブの下にはニコニコ顔にひげと尖った耳を書きくわえた。カードを渡すと、彼女は心から感激したようだ。

「すごくかわいい」彼女は両手で顔を覆い、泣きだしそうに見えた。

「あなたたちに会うの、すごく楽しみなのよ。それだけで、今日はいい日だって思えるの。とくに、あそこで働いてクタクタのときだと」そう言って、オフィスのほうを指した。

「ぼくたちのほうこそ、楽しみだよ」ぼくは言った。「いいクリスマスを」

「あなたたちもね」

彼女の後ろ姿を見送りながら、ぼくは膝をついてボブをやさしくなでた。

「喜んでくれてよかった」ぼくは言った。「今日一日で、あとどのくらいの人を笑顔にできるかな」

今日は〈ビッグイシュー〉を買ってくれた人には、全員にカードをあげようと決めていた。いつも買ってくれる名前を知っている人たちには、その場でメッセージを書けるように、白紙のものを二箱用意していた。もう二箱のカードには、それ以外の人たちにすぐに渡せるようにサインをしておいた。

なかにはビッグイシューのベンダーからクリスマスカードを渡されることに、少しとまどったような人もいた。雑誌を買ってくれたある若い男性などは、まるで解雇通知のレターを受けたような顔をしていた。最初に見かけたゴミ箱に捨ててしまったのではないだろうか。でも気にならなかった。ぼくにとって大切なのは、自分から感謝の気持ちを示すことなのだから。

昨日ぼくを見かけて、あらためてカードを持ってきてくれた人もいた。

「昨晩見かけたんだけど、これを持ってきてなくて」と常連客のひとり、メアリーは言って〝ジェームズとボビーへ〟と書かれた大きな青い封筒をさしだした。ボブの呼び名を変えているのも、気にならなかった。

「ありがとう、メアリー」ぼくは言った。「ちょっとボブ、あ、いやボビーと話してて。渡したいものがあるんだ」

渡したカードに、彼女個人に宛てたメッセージが書かれているのを見て、メアリーの顔がぱっと輝いた。

「今年のクリスマスは、これをマントルピースの上の目立つところに飾るわね」

もうひとり、よく立ちどまってボブに声をかけてくれるおとなしいタイプの女性が、カードだけではなく、小さなプレゼントまで持ってきてくれた。

「これ、ボブに。キャットニップの詰まったネズミなの」

「どうもありがとう！　ボブ、絶対に喜ぶよ」

彼女はいつもより饒舌《じょうぜつ》で、少しおしゃべりをしていった。

「クリスマスは、どう過ごすの？」彼女は訊いてきた。

「特別なことはしないけど、ボブといっしょにテレビの前にすわっておいしいものを食べられればいいかな、と思って」

「素敵」

「ほかの人たちみたいに盛大にお祝いしたりはしないけどね」

「でも、きっとそういう人たちよりも、充実した時間よね。だって幸せな気分にしてくれて、言い争いもしない相手といるんですもの。ほかの人たちの家庭よりも、愛に満ちていると思う」

それを聞いて、ぼくははっとした。これまで、そういうふうには考えたことがなかった。日々、ぼくたちの前を急ぎ足で通りすぎていく人たちを見ながら、この人たちはどんな生活を送っているんだろう、どんな家に帰っていくんだろうと思っていた。表情からすると、空虚で不幸そうな人も多い。疲れきっているように見える人もいる。たぶん、彼女の言うとおりだ。彼らの家は、ぼくの家より広くてモノも多いかもしれない。うちにはほとんど何もないから、たいていの人がそうだろう。でもボブと出会ってから、うちは例の四人組が歌っていた貴重な〝お金では買えないもの《マネー・キャント・バイ》〟で満ちている。そう、愛《ラブ》だ。その発想は魅力的で、その日はずっとそのことが頭を離れなかった。

ぼくは五十枚くらいカードを持ってきていた。そのうち、このままいくと足りなくなる、と焦ってきた。それでもぼくの幸せな気分は変わらなかった。突然、いくら稼ぐかはたいした問題ではない、と思えてきた。カードを手渡すのはとても楽しく、みんなの反応もうれしかった。あまりに楽しかったので、それがどういうことなのかを分析するところまではいっていなかった。すると、代わりに分析してくれる人が現われた。

夕方になると、近くで冊子を配っている男性がいるのに気づいた。身なりはきちんとしていて、グレーのスーツに紺色のネクタイを合わせている。押しつけがましいところはなく静かで、とても穏やかな人物のようだった。通りかかる人に冊子をそっとさしだしては、反応した人に対しては、聞こえないくらいの声で「ありがとうございます」と言っている。立ち話をしていく人もいた。友好的な雰囲気で、感じがいい。少しまえにチャガーとのいざこざがあったので、なおさらそう感じた。彼がこの場に来てから一時間くらいのあいだに、何度か目が合った。

ちょうどラッシュアワーのいちばん忙しい時間帯だったが、人通りが途絶えたとき、男性がこちらにやってきた。

「かわいい猫ですね」彼は言った。「近寄って、挨拶してもいいですか。この子、お名前は？」

「ボブといいます」

「ボブ」彼は、膝をついた。「なでてもだいじょうぶですか？」

「どうぞ、だいじょうぶですよ。首の後ろでお願いしますね」

「ええ」彼は言った。

どこの、とはわからないが、独特のアクセントがある。アメリカ英語のようだが、それ以外にも特徴があった。

クリスマスカードを書いているところだったので、ぼくは積極的におしゃべりをしたい気分でもなかったものの、いい人そうだったので話しかけてみることにした。

「配っていらっしゃるのはなんですか？」

「ああ、クリスマスイブに教会でミサを行うので、そのご案内です」彼はそう言って、一部ぼくにさしだした。

ぼくはとっさにしり込みした。実は敬虔《けいけん》なクリスチャンの環境で育ったのだが、あまりいい思い出がなかったのだ。宗教としてキリスト教を拒絶しているわけではないが、以来距離を置くようにしていた。最近では、信仰について聞かれることがあると、仏教徒だと答えるようにしていて、それはある意味本当だった。ダライ・ラマの著書はかなり読んでいる。とくに人生でいちばん暗い時期に、その思想はぼくに多くの知恵をさずけてくれ、心の支えになってくれた。

「あ、いいです。キリスト教はあまり」ややきつい言い方だったかもしれない。

男性の顔に、もの問いたげな表情が一瞬浮かんだ。ぼくの発言がどういうことなのか、考えているのがわかった。

「まったくだいじょうぶですよ」彼は立ちあがった。

「どうぞクリスマスカードの続きをなさってください。ボブに挨拶させてくれてありがとう」

ちょっと悪かったかな、という気になった。失礼な態度をとるつもりはなかったが、それと同じくらい、宗教についての会話に引きこまれるのはいやだった。たとえクリスマスの時期であっても。

まもなく、彼のことは頭から消えていた。すぐに顔なじみのひとりが通りかかったからだ。

「やあジェレミー、こんにちは」ぼくは気づいて声をかけた。「渡すものがあるんだ」

ぼくがカードを渡すと、彼もとても喜んでくれた。なかを見て、ボブのニコニコ顔のサインを見ると声をあげて笑った。

「ごめん、ジェームズ。いま手持ちの現金がなくて」やや恥ずかしそうに、ジェレミーは言った。

「ぜんぜん気にしないで。今年一年、親切にしてくれた、そのお礼のカードだから」

「ああ、そうか。ふたりもいいクリスマスを。心穏やかに過ごせますように」

その後の三十分で、あと五、六人と同じようなやりとりをした。名前を知っている人もいれば、過去に雑誌を買ってくれて顔だけ覚えている人もいた。そうした人たちみんなに、カードを渡していった。雑誌を買ってくれる人もいれば、ジェレミーのように、そうでない人もいた。そういう人たちに「気にしないで」と、ぼくは言いつづけた。

ラッシュアワーは、今日は一時間《アワー》ではなく、三十分《ラッシュ・ハーフアワー》のように感じられた。多くの人が、すでに今年の仕事を終えてクリスマス休暇に入り、家でぬくぬくと過ごしているのだろう。うらやましいことだ。

いろいろな人と話すのに忙しく、教会の男性のことは気にしていなかった。もう帰ったかと思っていた。ところが、彼はまだその場にいた。場所を移動して、ぼくの後ろに来ていたのだ。冊子はもうあと数冊しか残っていない。

彼に対して失礼な口の利き方をしてしまった、と良心が咎《とが》めたので、ボブを肩に乗せてカードを一枚持って男性のところに行った。

「これ、どうぞ」ぼくは言った。「先ほどは失礼しました。メリークリスマス」

男性はにこやかにカードを受けとった。そしてニコニコ顔を見て、声をあげて笑った。

「すばらしい」

今度は本格的に一段落したので、ぼくは煙草に火をつけた。

「吸われますか?」ぼくは彼にも箱をさしだした。

「いえ、だいじょうぶです」

「ご出身はどちらですか?」

「ロンドンです。南アフリカとニューヨークを経由して」彼は答えた。「ちょっと複雑ですが」

「人生は複雑ですよね」ぼくはにっこりした。

「まったくです」

「クリスマスイブの説教は、どんなお話をされるんですか?」ぼくは、煙草を深く吸って言った。

「この時期に役立つ聖書からのメッセージです。ほら、ご存じでしょう。お決まりの」

「いえ、それが知らないんです。子どものころ、キリスト教と折りあいが悪かったので」

「それは意外ですね」彼は言った。「そうは見えませんから」

「どういうことですか？」

「あなたの行いには、とてもキリスト教的なところがありますよ」

宗教の話がはじまるのかとぼくは身構えたが、さすがにまた失礼な態度をとるのはよくないと思った。

「それは、どういうことですか？」

「使徒行伝二十章三十五節にあるように」彼は微笑んで、確認するようにぼくを見た。

「なるほど。続けてください」ぼくは言った。「その第二十章三十なんとかには、何が書かれているんですか？」

彼はまたぼくの顔を見て、少し考えているようだった。そして、おそらく聖書からの引用と思われる言葉を暗唱した。

「〝わたしは、あなたがたもこのように働いて、弱い者を助けなければならないこと、また『受けるよりは与える方が、さいわいである』と言われた主イエスの言葉を記憶しているべきことを、万事について教え示したのである〟」

ぼくは首を振った。意味がよくわからない。

「あなたが、立ち寄られた方々とお話しされているのが、少し耳に入ってきましてね。みなさんの善意に頼るだけではなく、ご自身が与えることに喜びを感じていらっしゃるのがわかりました」

「それで……？」

「それで、思ったのです。〝ここに受けとるより、与えるほうが幸せだと学ばれた方がいる〟と」

ぼくはただ、彼に向かって微笑んだ。何を言えばいいのかわからなかった。

一瞬、沈黙が訪れた。

「ま、ともかく冊子はおおかた配り終えたので、家に帰って説教の準備をしなければ。もしかしたら、あなたの話も出てくるかもしれませんよ」

「え？」

「〈ビッグイシュー〉販売員と茶トラ猫の寓話。聞いたことありません？」

「ぼくをからかっているんですね」彼の背中を軽く叩いて言った。

「すみません。いつもの癖で」

ぼくたちは握手をした。

「メリークリスマス。えっと、お名前を伺っていなかったですね」

「ジェームズです」

「ジェームズ、ではよいクリスマスを。それにボブ、きみもね」彼は言って、やさしくボブの首の後ろをなでた。

そして地下鉄の駅のなかへと入っていった。ぼくたちもほどなく、駅に向かった。たまには地下鉄で家に帰ろう、と思ったのだ。そのほうが家まで歩く距離は長くなるが、ボブがお気に入りの小さな公園で用を足せる。ぼくも、寒いなかずっと立っていたので脚が痛くなっていた。歩くことで少しよくなるかもしれない。

混雑した車両のなかで〝地下鉄のポエム《Poems on the Underground》〟のひとつが目に入った。ぼくはふだんからこの地下鉄に貼ってある詩をよく読んでいて、刺激を受けている。ただ今回のは現代風で、意味がよくわからなかった。それで自然と今日一日にあったこと、とくに夕方に出会った聖職者のことに意識が向かった。

彼が引用した聖書の一節の、言わんとすることはもちろんまえにも聞いたことがある。もらったクリスマスカードの一枚にも、そのことが書かれていた。ぼくはそれを、この時期の決まり文句のひとつで、ビクトリア朝時代の人が思いついたものか何かだと思っていた。まぬけなことに、聖書の言葉だとは気づいていなかった。

急にキリスト教への信仰を深めるつもりはないし、クリスマスイブに彼の説教を聞きにいくこともないだろう。ただ彼の英知と穏やかさ、友好的な態度はすばらしかった。対立するような態度で接してくる人たちを見てきたあとでは、なおさらそう感じられた。しかもぼくについて言っていたことは、まさにそのとおりだ。ここ数日間で、ぼくは貴重な学びを得ていた。カードを配っているとき、本当に楽しかった。みんなの顔がぱっと輝くのを見て、心からうれしかった。あの人の言っていたこと、つまり聖書の言葉は正しい。受けとるより、与えるほうがいい。

6　公園でのオフィス・パーティー

とうとう、クリスマスまであと二日だ。ぼくはコヴェント・ガーデンで二、三時間バスキングもすることにした。まだクリスマスカードも何枚か残っているので、そこでも顔見知りの人と会えたら、と思ったのだ。

天候のせいでバスの動きは遅く、さらに運の悪いことに道路工事の影響でぼくたちはオックスフォード・ストリートを走っている途中で降りなければならなかった。そこはさながら、テレビのホラーシリーズ〈ベッドラム〉のワンシーンのようだった。

クリスマス目前のオックスフォード・ストリートは、ショッピングの最後の追いこみに奔走する、必死の形相の人々であふれかえっていたのだ。

ボブがぼくの肩に乗り、歩きはじめるとすぐに救世軍とクリスマス・キャロルを歌っている合唱団がいた。歌い手のひとりはプラカードを持っていて、見ると〝地球に平和を、人類に善意を〟と書かれていた。でも周囲の雰囲気に、あまりそういうものは感じられなかった。ぼくの見たところ、みんなできるだけ自分の買い物を済ませようと、周囲のことなどおかまいなしだ。あまり美しい光景ではない。

人々はあらゆる形や大きさのショッピングバッグをこれでもか、というくらい手にしている。ある男性は〈セルフリッジ〉や〈ジョン・ルイス〉といったおしゃれな店の袋を十個以上持っていた。どれくらい金をかけたのかわからないが、苛立った様子で携帯電話に向かってまくしたてているところを見ると、おそらくまだ足りないのだろう。

「どこも売り切れなんだよ。さっきからそう言っているだろう」彼は言っていた。おそらく相手は、同じようにぴりぴりしている妻だろう。「いや、そこもだめだった。冗談抜きで、本当にどこにもないんだってば」

いまにも心臓発作を起こしそうな勢いだ。一瞬、ぼくは彼に同情した。それに、クリスマスに間にあわせるために最後の買い物に駆り立てられているほかの人たちにも。少なくともここ数日間でぼくが駆り立てられるように感じたのは、現実に必要なもののためだけだ。つまり暖かい状態を保ち、食べるものを確保すること。この人たちは、本人たちにも受けとる人たちにも、必ずしも必要ではないもののために半狂乱になっている。ぼくは彼らをうらやましいとは思わなかった。むしろ、逆に悲しい気分になった。

多くの人がすれちがいざまに、ぼくたちにかすったりぶつかったりするのが、ボブは気になるようだった。しかめっつらの女性がぼくの左肩に思いっきりぶつかり、ぼくがバランスを崩して危うくボブを落としそうになると、ボブは「ニャー」と大きな声をあげた。それでも女性は謝りもせず、大事なクリスマスの大荷物を手にそのまま歩きつづけていく。

「邪魔になってすみませんでした」ぼくは皮肉をこめて言い、無礼な女性が遠ざかっていくのを、首を振りながら見た。

「さあ、ボブ。もうここから離れよう」そう言って、ソーホー・スクエアに向かって道を曲がった。ぼくたちがよく使う近道で、ボブも公園で用を足すことができる。夏のあいだは、木々にいる鳥を眺めるのも気に入っているが、今日は鳥はいないようだ。木々の葉はすっかり落ちていて、地面も雪で覆われていて芝もほとんど見えない。ボブは用を足す場所にこだわりがあるので、凍っていなさそうなところを見つけるのにかなり時間をかけた。

オールド・コンプトン・ストリートに向かい、そこからケンブリッジ・サーカス方向に行くつもりだった。ありがたいことに、こちらの道はだいぶ静かだった。ここはショッピング街ではなくレストランやバーがあるエリアで、クリスマスに向けて早めに閉めている店も多そうだ。飲んでいる人たちも見かけたが、全体としては静かだった。ひんやりとした午後の大気に、男のしゃがれ声がはっきりと聞こえたのは、そのせいだ。

「やあ、どうも」その声は、路地から聞こえてきた。あたりを見まわすと、男が姿を現わし、歩きながら煙草の吸殻を地面に捨てた。

がっしりとした三十がらみの男で、黒いレザーのロングコートを着て、首にはタータンチェックの厚手のマフラーを巻いている。すぐにピンときた。ドラッグの売人だ。

「ずいぶんと久しぶりだな」彼は言った。

「え？」

「顔を覚えているよ。少しここを離れていたんだ」

ぼくは素早く頭を働かせた。きっとぼくがいちばんひどい状態だったときのディーラーだろう。ぼくのほうは彼に見覚えがなかったが、それも無理からぬことだ。当時は、その日が何曜日かもわからないありさまだったから、ドラッグの売人の顔など当然記憶にない。きっと刑務所に入っていて、出所したばかりといったところだろう。そして、まったく更生していない。

「ちょっと早めのクリスマス・プレゼントはどうだ？」

彼は周囲を見まわし、誰もいないことを確かめると小さな白い包みを取りだし、ぼくの目の前の腕を伸ばせば届く距離にぶらさがる格好でさしだした。

「上物だよ。ぶっ飛べる」

ぼくは反射的にあとずさった。

「いや、いらないよ。もうやめたから」

彼はぼくに向かって、よくわからないという顔をしてみせた。

「おれの奢《おご》りだ。無料サンプルだぜ」

「いや、いらない」

男はうんざりした様子だ。

「はん？　本当にいいのか？」彼はぼくをにらんで、折れるのを待っているようだった。でもぼくは、まったくその気はない。いまでは、もうすっかり別の人生を歩んでいるのだから。

「ああ、本当にいらない」ぼくはそう言って、彼の横を通りすぎようとして身体の向きを変えた。

そこで会話は終了のはずだったが、男はそうはさせまいとぼくの前に立ちはだかった。周囲にはほかに人気《ひとけ》がなく、不安がよぎった。この男、何をしでかすかわからない。

ぼくは、これがどういうことなのか、知っていた。この種のディーラーはクリスマスの時期に繁盛する。常用者は休暇中に〝欠乏〟状態になるのをおそれ、余分に金を貯めて充分な蓄えを備えておこうとする。とはいえ常用者の性質として、数日間ですべてのヤクを使いきってしまう誘惑はつねにある。ディーラーはそれをわかっていてもうけようとするのだ。彼らはこの時期、常用者の弱さと依存につけこんで荒稼ぎをする。ほかの時期より高い値段をつけるのだ。

この男は、餌でぼくを釣りあげようとしている。餌をちらつかせ、食いついたら釣りあげ、彼から麻薬を買いつづけるように仕向けるつもりなのだ。数年前なら、ぼくはいい〝カモ〟だったろう。〝タダ〟と聞いたらとても抗《あらが》えず、簡単に釣りあげられていたはずだ。でもいま、ぼくは当時とはちがう人間だ。その手に乗るつもりはない。どういう手段に出ようと、それは絶対だ。

「あのさ、本当に何もいらないんだ。ここを通って仕事に向かうところだから」

やむをえないことかもしれないが、男は急に不機嫌になった。

「いいじゃないか。ここはお互い、助けあおうぜ」彼は言い、顎を突きだして、顔をこちらに寄せてきた。

そしてさらに近づいてくると、片手でぼくの腕をつかみ、もう一方の手で包みをぼくの目の前で振った。もうかなり接近している。ぼくと、そしてボブに。それが間違いだった。

あっという間の出来事で、一瞬のことだったのでぼくもちゃんと見ていなかった。「ニャー！」というすさまじい鳴き声のあと、男の罵倒の声がずっと続くのが聞こえてきただけだ。それから男が手を激しく振りまわしながら飛びまわっているのが目に入った。

状況を飲みこむのに少し時間がかかったが、何があったのかわかった。

ボブは、この男が現われた瞬間から、落ち着きをなくしていた。

そして彼がこちらに近づくと、行動に出たのだ。思いきり彼に向かっていき、手をひっかいたらしい。

男はその場に立ちつくし、手がどうなっているか点検し、そしてぼくたちのほうも見ている。最初は茫然としているようだったが、我にかえると怒りはじめた。「なんなんだよ、それ。トラかなんかかよ」彼は少し離れたところからこちらに向かって言った。

ボブがシャーと声を発したので、男は少しあとずさった。「ぼくを守ってくれているのさ」ぼくは言った。

血は出ていないようで、少なくともぼくには見えなかった。運のいい男だ。ボブは爪を立てなかったらしい。つまりは警告だ。その気になれば、ボブは男に怪我を負わせることもできたのだから。

彼はその場をうろうろと歩きまわり、悪態をついては手を振りまわしている。次の動きを考えているのだろうが、ぼくのほうはもう動きだしていた。

彼の横を抜け、速足でケンブリッジ・サーカスの方向に歩きだした。あとをつけてくるかわからなかったが、リスクは避けたかったので凍った道をできるだけ急いだ。少し先の角に、何人かいるのが見えた。あの人たちに近づけば、男は確実にあきらめるだろう。

ボブは肩の上で体勢を調節し、尻尾《しっぽ》がぼくの前にきている。後ろを向いて、男の動きに目を光らせているのだ。十ヤードほど進んだとき、男の声が聞こえたので、あとをつけているか、少なくともそのつもりがあることがわかった。ぼくは通りに見える人たちに引き寄せられるように、スピードをあげた。

時間の歩みが遅いと感じるときがあるが、いまがまさにそのときだった。ほんの数秒のことだったと思うが、人がいる安全なところにたどりつくまでが、何分間にも感じられた。

ぼくは深い安堵のため息をついた。もうだいじょうぶだ。

気持ちが落ち着くまで、さらに数分かかった。心臓がドキドキしていた。依存症だったときには日常的に遭遇していた状況だが、それはもう遠い過去のことだ。男の攻撃的な態度に、ひやりとした。ああいった売人たちは、はっきりいって人間のクズだと思う。もっとも弱い、無防備な人たちを食いものにしている。ホームレスの人たちから、平気で最後の一ペニーまでむしりとろうとしている。刑務所に収容したときに、鍵を捨ててしまえばよかったのに。

ニール・ストリートに向かいながら、ぼくの気持ちはずっとざわついていた。動揺したが、同時にほっとしてもいた。そして何より、感謝の気持ちでいっぱいだった。ありがとう、ボブ。

よからぬことを企んでいそうな人に、ボブが不快感を示したのは今回がはじめてではない。これまでもエンジェルやコヴェント・ガーデンで、脅威になりそうな人を直感的に見抜く能力を発揮していた。一種のレーダーのようなものだ。ここでもそれが働いていてくれて、本当にありがたい。

　こんなことで自分の一日を台無しにはさせまい、とぼくは決めた。世の中に対して、いまはポジティブな気持ちのほうが強い。その感覚を失いたくない。そこでジェームズ・ストリートのいつもの場所で、クリスマス・ソングを歌ってバスキングをはじめた。

　いつもはぼくの歌のラインアップは現代の、やや暗めの曲が多い。ジョニー・キャッシュやナイン・インチ・ネイルズの曲に、オアシスの〈ワンダーウォール〉もお気に入りだ。でもそれではクリスマスにはふさわしくないので、家で季節に合った曲を練習しておいた。年末の寒いこの時期にはみんなきっと、明るいほがらかな曲を好むだろう。温かく、クリスマス気分になって思わず笑みがこぼれるような曲を演奏しようと思った。もちろん、足をとめていくらか寄付してくれたら、なおありがたい。これも、ぼくがクリスマスの精神を少しずつ受けいれはじめたことの表われだった。数年前だったら、クリスマス・ソングを演奏しようとは、夢にも思わなかった。ぼくにとっては呪いのようなものだったから。

　まずは代表的な〈ジングルベル〉からはじめた。とても簡単なうえに、ギターで弾くと軽快なリズムが生まれる。しかもみんなが知っている曲だ。続けて〈ママがサンタにキスをした〉《I Saw Mommy Kissing Santa Claus》に、〈ホワイト・クリスマス〉も。こちらはスピードアップしてややパンクっぽいバージョンで演奏したら、けっこう受けがよかった。

立ちっぱなしでずっと歌っていると、だんだん飽きてくるので即興で替え歌も披露した。ボブはかわいいサンタさんの衣装を着ているので、たとえば〈ジングルベル〉の曲の途中に〝ボブの帽子の鈴が鳴る〟や〝走れボブよ〟〝明るい光のボブになるよ〟といった歌詞を織りまぜた。

道ゆく人が、気づいたかどうかはわからない。猫の名前がボブだということも知らないわけだから。それでもぼくは気にならなかった。ぼく自身が楽しんで、同時にまわりの人たちにも楽しんでもらえればそれでよかった。なんといってもクリスマスで、ぼくもいまではすっかりそういう気分になってきていた。

もちろん、みんながその精神を分かちあうわけではない。酔っ払いもなかにはいた。ときおり、ジェームズ・ストリート沿いのパブから会社のパーティーを終えた人たちや、仲間うちで飲んでいた人たちが、陽気な面持ちで通りに出てきた。

ぼくの音楽を聴いてくれる人たちもいた。演奏をはじめて一時間くらいしたころ、長めのランチを終えたらしい会社員のグループが、〈ジングルベル〉に合わせていっしょに歌いだした。サビのところにくると、みんな肩を組んで輪になって踊りながら歌っていた。

誰もギターケースに小銭を入れてはくれなかったけど、それもわからないでもない。楽しく過ごしているのに、そこに水を差すようなほかの人の状況など考えたくないのだろう。

残念なことに、ひとりふたり、からんできた人もいた。これまでに何年間も聞いてきた、いつもの調子だ。「ちゃんとした仕事をしろよ。なまけものの○○」「猫のほうがうまく歌えるぜ」「髪切れよ。ヒッピー野郎」あまり独創的なものはない。いつものことと、もうさらっと受け流せるといいのだが、それはできない。毎回、傷つく。ぼくの人生がどんなだったか、どういういきさつでここにいるのか、そういう人たちはまるでわかっていない。きっと知りたいとも思っていない。

さいわい、それを補ってあまりあるほど親切な人も多い。二時間ほどで、二十ポンドほど集まった。だが地元の〝コヴェント・ガーデンっ子〟たちが、パフォーマンスを行っている人たちがきちんとしたライセンスを持っているか見まわって確認していて、ぼくはすでに数回注意を受けていた。そのうちのひとりはぼくを立ち退かせたが、角を曲がったところで少し待機してから戻った。とはいえ、そううまくいくことが続くとも思えないので、そろそろ引きあげることにした。

ニール・ストリートを通っているとき、まだリュックサックのなかに何枚かカードが入っているのを思いだした。

少しまえに決めたことは、まだ忘れていなかった。ぼくたちはイタリアン・カフェでサンドイッチも売っている店の前に来た。〈ビッグイシュー〉を売りはじめるまえに、ぼくはこの近くでバスキングをしていた。店は家族経営で、そこの女性は、余ったチーズロールをよくぼくにくれた。まだ彼女が店にいるかのぞいてみると、うれしいことにちょうどなかにいた。

ぼくがカードをさしだすと、彼女はびっくりしていた。

「すみません。二年くらい遅くなってしまって。メリークリスマス」ぼくは言った。「親切にしていただいて、ありがとうございました」

カードを開くと、彼女は満面の笑みを浮かべた。

「ええ、覚えているわ」彼女は言った。「しばらく見かけていなかったけど、元気?」

「なんとか」ぼくはボブのほうを見た。「この小さな相棒のおかげで」

そこからまたエンジェル駅に行くことにした。ベルにクリスマス・プレゼントを買いたいので、お店をいくつかのぞいてみようと思ったのだ。それにはコヴェント・ガーデンよりも、エンジェルのほうが好ましい。静かだし、値段もだいぶ安いのだ。

あたりは急に暗くなってきて、気温も下がっている。また雪になるのでは、というくらい寒い。地下鉄のなかで、ボブはまたトイレに行きたいというジェスチャーをした。そこでエンジェル駅に着くと、イズリントン・グリーンの小さな公園まで歩いていった。

公園には人気《ひとけ》がなかったが、ベンチにも雪が積もっているので意外ではなかった。煙草を吸って一息ついていると、裸の木々のあいだを吹きぬける風の音が不気味に響きわたり、絶え間ない交通の音をかき消していた。ロンドンの中心ではなく、どこかの田舎に立っているのかと錯覚しそうだ。

ボブは、ふだんは茂みのなかに入ってネズミや鳥がいないか見るのが好きだが、今日はソーホーのときと同じで、あまりうろうろしたくないようだった。藪《やぶ》のなかに消えて数分もすると、また出てきてぼくの肩に飛び乗った。

ぼくは道を渡り、地下鉄駅に戻るのに狭いカムデン・パッセージという道に入った。少しは寒さをしのげるかと思ったのだ。ここは思いがけず混んでいた。おそらくはクリスマスの駆けこみの買い物客や、おしゃれなカフェやレストラン、美術品、アンティークなどを目当てに来ている人たちだろう。ふだんぼくはこうした店をのぞいたりはしないが、通りを半ばほどきたところに脇道があり、いくつかフリーマーケット風の店が並んでいた。もしかしたらベルへのプレゼントにいいものが見つかるかもしれない。

値札を見ると、ほとんどの物はとんでもなく高かった。とてもぼくには手が届かない。でもふと、大きなトレイにアクセサリーをディスプレイしている店が目にとまった。意外と、そこそこ良心的な価格帯だ。多くのものが十ポンド以下だった。

「ちょっとのぞいてみようか、ボブ」ぼくは言った。

お店の人はとても感じよく、ボブが店に入るのをいやがらないどころか、うれしそうだった。

「こんにちは。お客様、とてもハンサムな猫ですね」

こんなふうにきちんと応対してもらったのは、かなり久しぶりだ。店に入って、こうやって歓迎されるのも。だいたいは、店の人がぼくをじっと見るので、何を考えているのかが想像できる。〝なんなんだ、このみすぼらしい男は。店のものを盗もうとしているんじゃないだろうな？〟

そこでぼくは指輪やネックレス、イヤリングの入ったトレイを物色した。

あるものが、ぼくの目に飛びこんできた。メタリックな彫刻風のイヤリングだ。ベルの好みは見当がつくので、これは気に入るだろうとピンときた。

値札がついていなかったのが、気になった。値段を聞かなければならないものは、手が出ないもの、という感覚があったからだ。でも、思いきって訊いてみることにした。

「これはいくら？」

答えは意外にも、うれしいものだった。「ああ、十八ポンドです」

もちろん、それでもいい値段だ。少なくともぼくにとっては。それが顔に出たのだろう。

「でも、よろしければ少しお引きいたしますよ。そうですね、十五ポンドではいかがでしょう？」

「じゃあ、それでもらうよ」ぼくは笑顔で答え、彼のおかげでいい日になったと伝えた。

彼はイヤリングをきれいな箱におさめ、プレゼント用のパリッとした白い紙袋に入れてくれた。

そして「おふたりとも、いいクリスマスを」と言ってぼくたちを見送ってくれた。

「あなたもね」

ぼくは自分に満足していた。ベルはとてもいい友だちなのに、これまできちんとしたプレゼントを買ったことがなかったのだ。それどころか、これまで誰に対しても有意義なプレゼントというものを買ったことがなかった。いかにぼくが変なクリスマスを過ごしてきたかだ。これは、ぼくの態度が徐々に変わってきたことの表われでもある。ぼくの内なるスクルージは、確実に弱体化している。愉快な気分で、プレゼントを手に店を出た。

「この分、しっかりと稼がないとな」冗談まじりにボブに話しかけた。

手持ちのビッグイシューはほぼ売りつくしたので、ボブを肩に乗せてイズリントン・ハイ・ストリートを渡り、いつもコーディネーターがいる場所に向かった。

だが、いつもの場所に雑誌を載せたワゴンは見当たらなかった。代わりに赤いベストを着たベンダーたちが十人ほどいて足踏みをしたり、煙草をふかしたり、ビールやコーラを飲んだりしている。

「どうなっているんだい?」いつもワゴンが置いてある場所を指して、その場にいた人に訊いてみた。

「明日がクリスマスイブだから、今日はもうあがったらしい。うらやましいよな」彼は言った。

「そうしたら、雑誌はどこで仕入れればいい?」

「コヴェント・ガーデンだよ」別の販売員が答えた。

「そうなのか。ちょうどコヴェント・ガーデンから移動してきたばかりなのに」ぼくは言った。

「あるいはヴォクソールの本部まで行くかだな」さらに別の販売員が言った。

これは残念なお知らせだ。とくにロンドンのこの場所でしか働いていない人にとっては。ぼくはよくコヴェント・ガーデンに行くし、あそこのコーディネーターも顔見知りなのでそんなに心配はない。そうでない人たちもいるだろうから、気の毒になった。

ひとり、とくにうなだれている人がいた。これからの数日間を乗りきるのに、雑誌を当てにしていたのだろう。その綱渡りの状態は、ぼくにもわかる。彼が落ちてしまわないことを願うばかりだ。

さらにヴィンスという別の販売員がやってきた。彼とは顔見知りで、ときどきアッパーストリートの反対側、ハイベリー・コーナーよりのところで働いているのを見かける。印象的な人物だ。

「これ、なんの集まり？　オフィスのクリスマス・パーティーか？」

何人か反応して笑ったが、あとの人はただポカンと彼を見ただけだった。冗談だとわからなかったのだろう。

「売る雑誌がないなら、いっそ飲みにいかないか？　楽しいクリスマス・シーズンなんだからさ」ヴィンスは続けた。
二、三人が首を横に振った。もしかしたらアルコール依存症から回復途中で、かかわりたくないのかもしれない。あるいは、金銭的に余裕がない人もいるだろう。その気持ちはわかる。そんなとき、到底〝楽しい〟気分にはなれない。
でもぼくは、いい考えだと思った。ロンドンで仕事をしていて仲間同士で飲んでいる人たちと、ぼくたちとのあいだにちがいはない。コヴェント・ガーデンは、そんな人たちであふれていた。シティの銀行員だろうと、カムデンの街路清掃人だろうと、みんなその年の仕事を終え、クリスマス休暇前に一息ついている。ぼくたちも、いいんじゃないだろうか？

ただ、ひとつ問題があった。

「むさくるしいビッグイシュー販売員のグループを、パブは入れてくれないんじゃないか。しかも、ぼくにはこの連れがいるし」ぼくは言った。

「たしかにな。でもおれにいい考えがある」ヴィンスは言い、片目をつぶってみせた。

何人かは自然とその場を離れていったが、残った人たちはヴィンスのあとについてアッパーストリートを渡り、カムデン・パッセージのはずれの小さな公園に来た。ゲートはいつも開いていて、ボブを連れて何度かなかに入ったことがある場所だ。すぐ近くにパブがある。

ぼくたちは、それぞれ五ポンドずつ出した。

「このなかで、いちばん店で受けがよさそうなのは誰だ？」ヴィンスは言った。

ギャヴィンという男がいいだろう、ということになった。どういう経歴の人か知らないが、話し方が洗練されていて、髪もすっきりしている。彼はベストを脱ぎ、もうひとり販売員を従えてパブに向かった。

まもなくふたりは一パイントのビールをトレイいっぱいに載せて戻ってきた。

「買ってきたぞ」ギャヴィンが言った。

「乾杯」ヴィンスが声をあげた。「おれたちみんなに、いいクリスマスを」

寒かったので、みんな暖をとろうと足踏みをしていた。ボブは茂みのなかを探検しにいった。ここには雪がなかったので、通りの反対側のイズリントン・グリーンの公園よりも探検のしがいがありそうだ。

最初はみんなあまり話さず、雑誌を売っている日常のことなどが話題になった。

何人か、雑誌の内容について不満をもらしていて、それはぼくも感じていたことだった。

「ここのところ、つまらない記事が多いよな。なかなか買ってもらえないわけだ」ある男が言い、それに対して何人もがうなずいていた。

ときおり微妙な沈黙が流れ、ぼくたちは氷のように冷えてきたビールを飲んだ。ぼくに対しては、みんな少し警戒しているのはわかっていた。ボブが注目を集めるようになってきたからだ。インターネットで動画が発信され、地元紙の〈イズリントン・トリビューン〉にもぼくたちの記事が載った。そのあとはほかの販売員から変な目で見られたり、ねたむような声が聞こえてきたりしたこともあった。本の話が出て、ぼくがライターと最初に会ったときの様子を見ていた販売員も何人かいる。寒いなか、ぼくはそのライターにボブとの出会いの話をしていた。ノートを手にした男性とぼくがいっしょにいる姿は少し目立ったようで、じろじろ見てくる人もいた。ぼくとしては、そんなうまい話はないと思っている。ぼくが作家になる確率は、ボブがロンドン市長になる確率と同じくらいだろう。つまり、ゼロだ。でもここにいるみんなは、そんなこと知る由《よし》もない。彼らの目には、ぼくは一種の〝有名人〟として映っていた。

そしてとうとう、その話題が出た。

「きみたちは、心配ないだろう」ここ一、二週間の極寒の気候で雑誌を売るのがいかに大変だったか、という話題になったときに、ひとりが言った。「いまや有名人だもんな」

その男性には見覚えがあった。年配で、カムデン・パッセージで雑誌を売っているのを何度か見かけたことがある。

「ガス代にはならないよ」ぼくは微笑んだ。「本当に。みんなと同じで、苦労している」

「それはないだろう」彼は言った。それからぼくたちは少しおしゃべりをした。彼自身は自分の過去についてはあまり語らなかった。ビッグイシューの販売員はだいたいそうだ。過去の話となると、みんな同じテーマのさまざまなバリエーションに落ち着くことが多い。依存症、家庭崩壊、不遇な幼少時代。彼はいま、ホームレス専用のシェルターで暮らしているという。問題は、そこでは滞在日数に上限が設けられていて、残りの日数が少なくなってきているということだ。

「そうしたら、クリスマスはどこで?」ぼくは訊いた。

彼は肩をすくめただけだった。

「おれにもわからないよ」

それがどういう気持ちか、ぼくにはよくわかった。何年もまえ、路上生活者だったときには、ぼくも同じだった。ホームレス専用のシェルターから次のシェルターへと移動し、あるいはロンドン中心部の歩道で寝ていたころだ。いま、アパートメントで暮らせることの幸せを実感した。質素な住まいだが、この人にはないものだ。一瞬うちの床を提供しようかと思ったが、すぐに無理だと気づいた。クリスマス休暇の何日か、ベルが来るので、その場所はない。別の人の声に、ぼくたちの会話はさえぎられた。

「誰か煙草持ってないか？」いちばん若い男だ。ブロンドで、何度か見かけたことがあるがせいぜい二十五、六だろう。

彼のことは、なんとなく気になっていた。街頭で雑誌を売るには若すぎるし、まだそういう処世術を身につけていないのでは、と感じていたのだ。だが、今日は楽しそうにしている。ちょうどぼくは、煙草を持っていた。

「どうぞ」ぼくは言った。

「ありがとう、ジェームズ」

驚いた。まさかぼくの名前を知っているとは思わなかった。そこから少し話をはじめ、彼はボブとどうやって知り合ったのか、訊いてきた。その話はもう数えきれないくらいしているものの、喜んで話した。

「子どものころ、うちにも茶トラがいたんだ。フォジーって名前で。マペット・ショーのクマのフォジーからつけたんだけど」彼は言った。

ボブはふだんはほかのベンダーに対しては警戒しているが、彼にはなでさせた。

「かわいいな」

「もう一杯飲む人いるかい？」しばらく経つとヴィンスが声をかけた。

「もう一杯だけ。それを飲んだら帰らないと」ぼくは言った。

ギャヴィンがまたパブに行き、おかわりを手に戻ってきた。

みんな打ち解けてきて、場の雰囲気もなごんできた。ヴィンスはちょっとしたコメディアンで、ビッグイシューのアウトリーチ・ワーカーの何人かの物まねをしてみせた。みんな声をあげて笑った。よかった。これまで、ほかの販売員たちとの関わりではトラブルがいろいろあった。持ち場を離れて雑誌を売る〝フローティング〟行為をしたということで、やってもいないのに販売停止処分を受けたこともあったが、それはほかの販売員たちが報告したからだった。それにぼくの持ち場に強引に入りこもうとする人たちが、コヴェント・ガーデンにもエンジェルにもいた。もともと地下鉄の駅前というのは人が急いで通りすぎてしまうので、販売場所としては時間の無駄とされてきた。でもボブのおかげで、ぼくの持ち場は繁盛した。その成功に便乗しようとした販売員たちが寄ってきたのだが、結局はうまくいかなかった。

だからぼくは一年くらい前から、ほかの販売員たちとは基本的に距離を置くようにしていた。いっしょにいると落ち着かなかった。信頼していなかった、ということだと思う。でも今日、こうやって話してみると見方が変わった。みんな、ぼくと変わらない。人として、どちらがいいとか悪いとかいうこともない。心の奥深くでは、みんな、ぼくと同じように自尊心があり、疑心暗鬼で、弱いのだ。ただ日々、生き延びようとしているだけなのだ。クリスマスの時期をなんとか屋根のある場所で切り抜け、食べ物を確保したいと思っている。ぼくにとって、これは客観的にものを見る学びになった。見かけで中身を判断してはいけない。

最初にその場を離れたのは、ぼくだった。ヴィンスが引きとめたが、天気が悪化するまえにボブと家に帰りたかった。すごく寒かったので、ボブが暖かい家に帰りたがっているのもわかった。ぼくたちはバスに乗った。ぼくは網棚にギターを載せ、リュックサックはとなりに置いた。それからベルへのプレゼントの紙袋を、大事に足元に置いた。

いろいろなことのあった、長い一日だった。どっと疲れ、二パイントのビールと足元の暖かいヒーターが効いてきて、ぼくはすぐにうとうとしはじめた。目が覚めたのは、降りるトッテナムに着く寸前だった。ボブがつついて起こしてくれたのかもしれない。ボブは家が近づいているのを察する能力に長けていて、これまでにも何度か疲れて眠りこんだぼくを起こしてくれていた。

はっとしたぼくは、反射的に動いた。赤い〝ストップ〟ボタンを押し、ギターとリュックサックをつかみ、ボブを肩に乗せ、バスから駆けおりた。もう外は暗く、凍りついた歩道は、まだ歩きづらかった。そして家の近くまで来てから、ようやく気づいた。

「あー、しまった」ぼくは言った。「ベルのプレゼント」

自分に対して腹が立った。ばかみたいだ。なんてまぬけなんだろう。紙袋を持っていないことにどうして気づかなかったのか。過去四十八時間にいいことがたくさんあったのが、ややがっくりきた。バスや地下鉄のなかに忘れものをしたのは、今回がはじめてではない。だからといって、気は楽にはならない。今回はいつもとはちがう、特別なものだったから。その日は、あまりよく眠れなかった。

7　過ぎ去ったクリスマスの霊

「しばらくここで待っててくれ、ボブ」ぼくは言い、紅茶を飲むとコートをひっかけた。

ボブは置いていかれるのを快く思っていないのは、態度でわかった。

「だいじょうぶ。すぐに帰るよ」ぼくは安心させるためにボブの首の後ろを軽くもんでから、外に出た。

今日はクリスマスイブだが、早起きをしていた。いずれにしても、ゆっくり寝ていることなどできなかった。頭のなかでは、バスを降りた瞬間が延々とリピートしていた。あんなにも不注意だったなんて、いまだに自分でも信じられない。

夜のあいだに、また少し雪が降っていた。外にとめてある車にうっすらと積もっている雪は、まるで粉砂糖みたいだ。まちがいなく、ホワイト・クリスマスになる。

だが天気がどうであろうと、今日は行くところがある。バスの車庫までは、半マイルほど。歩いてもいいと思っていたが、ちょうど運よくすぐにバスが来た。車庫に並ぶ赤いバスにも、新たに白い模様がついている。運転手たちは忙しそうに窓の霜をとったり、駐車場の雪かきをしたりしている。

「遺失物取扱所はどこだい?」ぼくはひとりに話しかけた。彼は格納庫のような建物を指さした。なかに入ると、女性がブースで電話を受けているのが見えた。彼女はぼくに気がつくと「待ってて」というように手をあげた。

だが電話を終えて応対をしてくれると、あまり助けてはもらえなかった。

「昨日の夜、白い紙袋の届け出はありませんでしたか?」ぼくは言った。「これくらいの大きさなんですけれど」両手で一フィートくらいの幅をつくる。

「さあ、わからないわ」

「誰に聞けばわかりますか?」ちょっとイラッとしてぼくは言った。

「ベーカー・ストリートに行ってみて」つっけんどんな声が返ってきた。

「ベーカー・ストリートだって?」

「ええ。届けられたものは全部ロンドン交通局の遺失物取扱所に行くの。地下鉄のもバスのも。ベーカー・ストリートの地下鉄駅のとなりにあるから」

「わかった。一日中開いている?」

「わからないわ」彼女は言った。「でも昨夜誰かがここで見つけたとしても、まだ向こうには届いていないかも。あと一日、二日待ってから行ってみたら?」

「でも今日はクリスマスイブだろ。クリスマスのプレゼントなんだ」

彼女は肩をすくめた。どうでもいいと思っているのだろう。

「じゃあ、せめて閉まる時間を教えてもらえるかな?」

「いつもは四時半よ」彼女は答えた。

かなりへこんだ。今日はロンドンの中心部に行こうとは思っていなかった。人の多さやペースの速さに疲れていた。ときどきいる自分本位な人、それにこの時期特有の、貪欲さにもうんざりしていた。もうのんびりして、ぼくのクリスマス休暇をはじめようと思っていた。でも、ほかに選択の余地はなさそうだ。

紙袋がベーカー・ストリートに届くことを期待して、少し時間をおいてから向かおう。その間にコヴェント・ガーデンに行くことにした。アパートメントに戻るとギターと残っていた〈ビッグイシュー〉も持った。ボブは朝置いていかれたのがさみしかったようで、今回はいっしょに行きたがった。そこでまたサンタさんの衣装を着せた。

「来年までしまいこむまえに、もう一度これを着てお出かけするか」

もうバスはやめて、今回は地下鉄の駅まで歩いていった。列車は通常どおりに動いていたので、一時間も経たないでコヴェント・ガーデンに着いた。

ピアッツァは人であふれていて、すっかりクリスマスの風情だった。活気があり、みんな楽しそうだ。ジェームズ・ストリートにちょうどいい場所を見つけたので、また軽快な〈ジングルベル〉のようなクリスマス・ソングの演奏をはじめた。何人かずつ、立ちどまって挨拶をしてくれたり、いっしょに歌ってくれたりした。

ある家族は十分くらいその場にいて、子どもたちがいっしょに歌ってくれた。楽しいひとときだった。

ボブも絶好調で、またいっしょに芸をしようと誘ってきた。ボブが後ろ足で立ち、ぼくの指先からおやつを取ってみせると「わあー」「えー」といった歓声があがった。数時間で、たぶん百回以上写真に撮られたのではないかと思う。その写真がどんなふうにネットで広まっていくのか、想像もつかない。もうすでにユーチューブのようなサイトに何十もの動画や写真がアップされている。〝このままいくと、世界一撮影された猫としてギネスブックに載るかも〟とぼくはひそかに考えて心のなかで笑った。もちろん、本気で考えていたわけではない。

顔見知りのふたりが、半日であがったということで会社帰りに通りかかった。まだカードが数枚残っていたので、一枚ずつ渡した。

「もうクリスマスの準備は万端？」パトリシアという中年の女性のほうが訊いてきた。

「うん、もうすっかり」ぼくは答えた。「きみはどう？」

彼女の表情が暗くなった。

「これから家に帰って十四人分の食事の支度をはじめなきゃ。明日のためにね。本当、気が重い」

「それは大変だね。うちはボブとぼくだけだから、簡単だよ」ぼくはにっこりした。

「うらやましいわ。わたしもそっちに参加したい」彼女も笑った。冗談めかしていたが、少しは本音もまじっているかもしれない、と感じた。

午後二時ごろになると、人通りもだいぶ減ってきて、みんな家に帰ってクリスマス休暇を開始するようだった。そこでぼくも、引きあげることにした。

「おいで、ボブ。クリスマスだからもう仕事はおしまいだよ」

しばらくぼくたちは、ふつうのロンドンっ子みたいに歩きまわって、雰囲気を楽しんだ。コヴェント・ガーデンはとてもきれいで、しかもいいにおいで満ちていた。クリスマスのライトは多彩な色を放ち、焼き栗とホットワインの芳《かぐわ》しいにおいが漂っている。

ピアッツァの中心のマーケット付近では、まだ路上でパフォーマンスをしている人たちも少しいた。ボブにリードをつけて、ぼくはぶらぶらと歩きまわった。もう店じまいをはじめているところもあれば、在庫を売りつくそうと、最後のディスカウントをしている店もあった。ぼくはアクセサリーを売っているところを少しのぞいてみた。バスに忘れたイヤリングの代わりになるようなものがあれば、と思ったのだが、とくにこれというものはなかった。十五ポンドを追加で支払うのも、ためらわれた。

心惹かれるものがないわけではなかったが、結局お金は使わないことにした。いただいたマークス・アンド・スペンサーの商品券があったので、そちらに向かった。自分へのお楽しみに、オニオン・チャツネを一瓶買うことにした。クリスマス・プディングも買おうかと迷ったが、それはやめておいた。ベルがボクシングデーにうちに来て、いっしょに伝統的な料理を食べる予定なので、クリスマス・プディングもきっと持ってくる。代わりにおしゃれな箱入りのチョコレートを選んだ。万一イヤリングが出てこなかったら、ボクシングデーにプレゼントできるように。もうひとつアイデアがあって、家に帰ったらホームメイドのプレゼントも用意しようと思っていた。もうプレゼントをなくしたことは、そこまで気にならなくなっていた。世界の終わりじゃあるまいし、とぼくは心のなかで思った。ここ数年で、もっと大変なことはたくさんあった。しかもベルなら、まったく気にしないでいてくれる。

また別の救世軍の一団がクリスマス・キャロルを演奏しながら、ピアッツァを横切った。〈きよしこの夜〉を歌っている。

“すべて穏やかで、《All is calm,》すべて明るい《all is bright》”

たしかにそのとおりだ。すべて穏やかだ。未来は明るい。少なくとも、まだそう遠くない過去に比べれば、確実に明るい。感謝すべきことが、たくさんある。

ボブは人目につかない隅や屋台の下などを自由に歩きまわっていた。時計が二時半を知らせるのが聞こえると、ぼくはボブを抱きかかえてその場を出た。ちょうどピアッツァの西の端で一輪車に乗って芸をしている人の横を通りすぎた。

「さあ、ボブ。紙袋が届いているか見にいって、それからうちに帰ろう」ぼくは言った。

レスター・スクエアに向かうつもりだったが、ボブが急にトイレに行きたいと鳴いて伝えてきた。用を足せる場所を何カ所か知っていたので、ぼくは向きを変えた。

ニールズ・ヤードを通って、モンマス・ストリートのコヴェント・ガーデン・ホテルの前に出た。向かい側の歩道に横たわる人物に気づき、ぼくは足をとめた。

遠目に見ても、若い男性だとわかった。段ボールの上に横になっていて、擦りきれたブルーの寝袋とグレーの毛布にくるまっている。凍てつく寒さに、身体を丸めている。ぼくは道を渡った。本当に若い。十九かせいぜい二十歳ぐらいだろう。ウールの帽子と破れた手袋を身につけている。顔はほこりにまみれ、寒さで赤くなっていて、髪とひげはぼさぼさだ。たぶんシラミもいるだろう。路上には身体を洗える場所がないので、ホームレスの人にはありがちなことだ。見たところ、この青年は一カ月はシャワーを使っていなさそうだ。

ぼくはぎょっとした。青年が路上生活をしていることに対してではなく、まさにこの場所を生活の場にしていることに対して。気味が悪かった。ぼくが人生で最悪のクリスマスを経験したのはまさにここ、まったく同じ場所で同じ時期でのことだったのだ。

当時、ぼくはどん底にいた。路上でかろうじて生きている、という状態が一年くらい続いていた。なんとか負のスパイラルを断ち切りたくて仕事に就こうとしたが、誰も相手にしてくれなかった。そして生き延びるために軽犯罪に走った。スーパーマーケットで肉を万引きし、パブに転売してはドラッグを買う資金にしていたのだ。あの時点では、ドラッグがぼくにとって、いちばん大切だったのだ。ヘロインに完全に支配されていた。唯一の友だち、唯一のなぐさめであり、感覚を麻痺《まひ》させるただひとつの手段だった。そのことしか考えていなかった。本当にひどい状態だった。

そしてその年のクリスマスイブ、世間の人がみんな家族の待つ家に帰っていくなか、ぼくはモンマス・ストリートに来て、まさにこの場所に寝ようと段ボールを敷いていた。ここが路上生活者に人気なのには、わけがあった。歩道のこの場所はコヴェント・ガーデン・ホテルのとなりで、大きな通気口がふたつある壁が目の前にあるからだ。見ると、いまでも当時のままだった。そこからキッチンの空気が出てくるのだ。熱風とまではいかないまでも、外気よりは何度か暖かい。まともに眠ろうと思えば、とくに真冬は、ほかの場所とは天と地ほどの差がある。

ぼくもここで数回夜を過ごしたことがあり、近隣の店の人たちからはおおいにいやがられた。そのうちのひとりは、ぼくを毛嫌いしていた。彼女は路上生活者やビッグイシューを売っているような人たちに対しては、思いやりのかけらもないタイプだった。彼女に言わせれば、ぼくたちはみんな負け犬で、そういう状態に陥ったのは自業自得ということになる。どうしてそういう境遇にいるのか、助けを必要としているのではないか、といったことにはまったく関心を持っていなかった。単に街の外観を汚すもの、という扱いだった。もし彼女が自分の考えを実行に移せたなら、ぼくたちは清掃車で一掃されていたのではないかと思う。

朝、ぼくが店の近くにいるのを見ると、彼女は一度ならずひどい言葉をかけてきた。ぼくが反論すると、さらに罵声を浴びせてくる。

さいわい、そのクリスマスイブには彼女も、ほかの店主も見当たらなかった。ぼくが到着した夕方には、もうみんな店じまいをしていたのだ。世の中の人たちがクリスマスイブの礼拝に行ったり、テレビを見ながらごちそうを食べたりしているとき、ぼくは寝袋のなかでまるくなり、寒さとさみしさで震えながら横たわっていた。誰ひとり、立ちどまってだいじょうぶか、何か助けが必要か、声をかけてくれる人はいない。長い、絶望的な夜だった。

最終的には眠りにつき、クリスマスの朝遅くに目が覚めた。あたりは奇妙なほど静かで、まるでロンドンから人がいなくなったかのようだった。となりのホテルからわずかに人の出入りがあったが、それ以外はゴーストタウンのようだ。

その日はとくになんの予定も立てていなかった。当時はいつもそんな感じだったのだ。でもチャリティーのシェルターで、クリスマスのランチを提供しているところがいくつかあるのは知っていたので、行ってみることにした。

段ボールと持ちものをまとめ、移動する準備をした。コヴェント・ガーデン・ホテルの前を通りすぎようとしたとき、窓のなかが見えた。華やかに着飾り、シャンパンの入ったフルートグラスを手にしている人たちがいた。たぶんランチに来て、今日最初の一杯を楽しんでいるところだろう。ぼくは、それをねたむ気にはならなかった。この人たちはこれまで一年間、一生懸命働いてきたとわかっているからだ。彼らの楽しみを奪うようなことはしたくなかった。

足早に通りすぎようとしたとき、そのなかのひとりがぼくに気がついた。その男性はぼくなど存在しないかのように、無表情のままだった。世の中の人にとって、自分は透明人間か、人とは思われていない存在なのか、とあらためて思った。グラスをあげて挨拶するにも、メリークリスマスと声をかけるにも値しない存在なのだろうか。

自己憐憫《れんびん》に陥り、もう落ちるところまで落ちた、と思ったが、まだ甘かった。その時点で、ぼくと父との関係は、最悪だった。ぼくは一年の大半のあいだ行方をくらましていたので、数週間前に連絡をしたときには、父は当然のごとく激怒していた。ロンドン南部に住む父の家に電話をすると、最初父は電話口に出るのを拒否した。ようやく電話に出ると、ぼくを激しく罵《ののし》った。もちろん、それは無理もない。ぼくがどうしているのか、心配で仕方がなかったのだ。先週もまた電話をして口論になり、父はクリスマスにはぼくに家に来てほしくないということがわかった。当時父自身も家庭に問題をかかえていて、妻のスーと離婚寸前だったのだ。

電話ボックスがあったので、料金を受信人払いにして、また電話をしてみようと思った。電話に出たのはスーだった。

「あら、ジェームズ。メリークリスマス」彼女は言った。

「メリークリスマス。父はいますか？」

受話器を覆って、彼女が誰かと言葉を交わしている様子が伝わってきた。そしてスーがまた電話に出て、咳払いをした。

「ごめんなさいね、ジェームズ。でもお父さん、話したくないんだって」

「そうか」

思わず涙がこみあげてきた。ぼくが、理想の息子にはほど遠いのはわかっている。しかも、この一年はとくに心配ばかりかけてきた。それでも、やっぱり傷つく。

「ジェームズ、だいじょうぶ？」スーが言った。

「ああ、だいじょうぶ」ぼくは気を取りなおした。「いいクリスマスを」

そして電話を切った。

ソーホーのディーン・ストリートの方向に歩いていった。そこではチャリティー団体のセンターポイントが一時的な避難所を設けている。ぼくは何度かそこに泊まったことがあるので、彼らとは顔見知りだった。

ドアのところに何人かいて、そのなかのひとりがぼくに気がついた。

「やあ、ジェームズ。メリークリスマス」

「メリークリスマス」ぼくは言った。「クリスマス・ランチあるかな？」

「それがもういっぱいで」別の人が言いかけたが、同僚が〝いいんだよ。知っている人だから〟というようにうなずいて、その言葉をさえぎった。

「もちろん。ジェームズ、こっちだよ」

クリスマスの時期、ロンドンにはこうした避難所があちこちに出現する。ホームレスに生活スペースを提供し、希望者にはクリスマス・ディナーも出している。コヴェント・ガーデン・ホテルで出している食事とは比べものにならないが、ぼくはそんなことはまったく気にならなかった。ハムに七面鳥、ロースト・ポテト、芽キャベツ、詰め物にグレイビーソース。ロンドンやイギリス中で食べられているごちそうに比べたらささやかなものだが、ぼくはその料理を何皿も貪《むさぼ》り食い、そのあとクリスマス・プディングも平らげた。

仮設のテーブルを囲んで、三十五人くらいが席についていた。ひとり、ふたり、見たことのある人もいたが、ほとんどは知らない人たちだった。見たところ、その多くがジャンキーだとわかったので、ぼくは警戒した。過去にそういう人たちといっしょになったとき、ひどい目に遭ったのだ。人が着ている服さえもはぎとって盗もうとする勢いだった。ぼくはまだ、そこまでは落ちていなかった。

その日の午後はそこで、ほかの人たちとボードゲームをして過ごした。ゲームはすべて寄付されたものなので、パーツが揃っていないものも多かった。そこで足りないものは、コーラの瓶の蓋やボタンで代用した。テーブルにはチョコレートを盛ったトレイが置かれていたので、ぼくはそれも食べられるだけ食べた。

それから少しテレビを見た。〈クリスマスに大金持ちになりたい人《Who Wants to be a Christmas Millionaire》〉という番組がついていた。クイズの出場者は、五分五分のチャンスに賭けることができる。当時はそうとはわかっていなかったが、ぼくは自分の人生で、まさに同じことをしていた。しかも、かなり分が悪かった。

その晩、ぼくは男性用の大部屋に泊まり、ドラッグを打った。クリスマスに向け、なんとか金を工面し、一週間分の薬物を手に入れていたのだ。金が手に入ると、すべてドラッグに使っていた。食事は二の次だった。手に入れたドラッグは十二個の袋に小分けして、これからの日々に備える予定にしていた。ただ依存者は、そういう計画性に欠ける。ぼくもご多分にもれず、その全部を四十八時間くらいで使いきってしまった。クリスマスの夜と、翌日のボクシングデーもシェルターで過ごしたはずだが、そのときのことはほとんど覚えていない。記憶から抜け落ちているのだ。当時を振りかえると、本当に馬鹿げたリスクをとっていたものだと思う。クリスマスの時期は、〝スティンガー〟というドラッグが出まわっていた。軽量ブロックを粉にしたものや、そのほかにも何が混ざっているかわからないという代物だ。そうしたモノを摂取して死亡したジャンキーの話を、何度も聞いたことがある。ぼくだって、かなり怪しげな人たちからドラッグを買っていた。だからそうしたモノをつかまされる確率は五分五分よりも、分が悪かったと思う。それでもぼくは運よく生き延びていたにもかかわらず、懲りずに同じことを繰りかえしていた。悪循環にとらわれていたのだ。

十二月二十七日に避難所から出されるころには、ぼくは依存者たちが〝フィルター〟と呼ぶものに移行していた。ヘロインの残りを含ませた脱脂綿をためておき、それを洗って少量のヘロインを取りだすのだ。一度使ったティーバッグを再利用するようなものだ。必死さの度合はだいぶちがうが。

当時、ぼくのなかで優先順位のトップはヘロインをもっと打つことだった。そしてその習慣を続けるだけの金を、なんとか工面しつづけた。必ず、なんとかした。依存者とは、そういうものなのだ。それが生きるか死ぬかの問題に感じられたが、ある意味、そのとおりでもある。

その週、デパートの大きなショーウィンドウに自分の姿が映っているのを目にしたのを覚えている。すぐには自分だと気づかなかった。打ちひしがれた、みすぼらしい、不健康そうな男が、こちらをじっと見返していた。

モンマス・ストリートに横たわっている若い男を見ていると、当時のことがモンタージュのように頭のなかに浮かんできた。十数年前、この同じ通りを歩いていた人たちは何を目にしていたのだろう？　誰かぼくに手を差し伸べてくれた人はいただろうか？　たぶんいない。ぼくに気づいた人はいただろうか？　それもたぶんいない。本当のことは、永遠にわからない。

この若者が当時のぼくとまったく同じ場所に、同じ日にここに横たわっているということが、引っかかった。当時のぼくと同じくらいの年ごろで、よく見るとどこかぼくに似てさえいる。まるで当時のぼくを見ているかのようだ。チャールズ・ディケンズの『クリスマス・キャロル』の世界に入りこんで、〝過ぎ去ったクリスマスの霊〟に自分の過去を見せられているようだ。思わず怖くなった。

ボブも動揺したようで、地面に飛び降りてその若者の健康を気遣うかのようにうろうろしはじめた。もちろん、心配になって当たり前の状況だ。外は寒く、このまま長時間ここにいたら凍え死んでしまいそうだ。

当時ぼくを受けいれてくれたセンターポイントはもうないが、クライシス・アット・クリスマスのようなチャリティー団体が学校や空き家になっている建物を利用して、クリスマス休暇の時期に活動しているのは知っていた。清潔なベッドときちんとした食事を、何日間か提供してくれるはずだ。こうしているあいだにも、アウトリーチ・ワーカーたちがこの青年のような状況の人がいないか、見まわっているだろう。そういう人を見つけて、シェルターに連れていってもらわなければ。

この青年はドラッグには手を出していない、とぼくは確信していた。単に疲れきって寝ているだけのようだ。ぼくは彼を軽くゆすった。最初は反応がなかったので不安になったが、さいわい少しするとうめき声をあげて目を覚ました。

「ううーん。何？」

ぼくはポケットを探った。二十ポンドか、それくらいしか入っていなかった。家にはもう少し蓄えがあったので、十ポンド札を彼のポケットに滑りこませた。

「いま十ポンド渡したから、暖かいコーヒーでも飲んで、それからシェルターに行くんだぞ」

彼はもう一度うめいたが、ぼくが言ったことは理解したようだった。

「うん、わかった」

「このままここで寝たら、本当に危ない。寒すぎて無理だよ」

「うん」

「よし、ちゃんと自分の身を守れよ」ぼくはそう言ってから歩きだした。

歩きながらも、ぼくは振りかえっては、青年が動きだしたか確かめた。単にぼくに合わせて色よい返事をしたのでは、と心配だった。でも見ると彼は持ちものをまとめていたので、ほっとした。セブン・ダイヤルズに近づき、ボブとぼくは彼が立ち去っていくのを眺めた。霊のような姿が、雪のなかを足を引きずって消えていく。

ぼくたちはベーカー・ストリートの駅に着いた。地下鉄のなかは、ありがたいことに静かだった。通勤者や駆けこみの買い物客も、もうほとんどいない。クリスマスに向けてのカウントダウンも、まもなく終了だ。

遺失物取扱所は、地下鉄の入り口の横にあった。だがぱっと見て閉まっているのがわかった。クリスマス休暇明けの初日から営業開始、と張り紙がしてある。つまり、次の火曜日だ。クリスマス・プレゼントにイヤリングを取り戻せるかも、という希望はついえた。

がっかりしていたのは、ぼくだけではなかった。スタジアム・ジャンパーを着た青年が、ガラス戸まで歩いていき、開かないかと引っ張っている。そして張り紙を読むと、がっくりと頭《こうべ》を垂れた。

「うそだろ。今日は四時半まで開いてるって聞いてきたのに」

「同じだよ」ぼくも言った。

彼はいまにも泣きだしそうな顔で携帯電話を取りだし、しゅんとして去っていった。「どうしよう……、どうしよう……」という声が聞こえてきた。

ぼくも、気落ちした。その一方で、それでもプレゼントはどこかの時点で出てくるだろう、と楽観視する気持ちもあった。あと数カ月でベルの誕生日だ、とぼくは自分に言い聞かせた。ポケットには十ポンド札が入っていたので、ベーカー・ストリートのお店を少し見てまわったが、あまりめぼしいものはなかった。チェーン店がほとんどで、大量生産された製品が並んでいて、ベルの好みには合わなかったのだ。しかも、ぼくがぎりぎりのタイミングであわてて買ったようにも見えてしまいそうだ。それも避けたかった。

天気も、また雲行きが怪しくなっていたので、バスではなく地下鉄でトッテナムまで引きかえすことにした。すると今回は通勤者や、おそらくオックスフォード・ストリートで買い物をしていた人たちで、混雑していた。おしゃれな紙袋を持っている人たちを見ると、自分のまぬけぶりが思いだされた。

活気があり、みんな楽しそうだった。途中でオーストラリア人の一団が乗ってきて、すっかりお祭り気分で歌いだした。クリスマス、という感じの歌ではなかった。童謡の〈十本のグリーンの瓶《Ten Green Bottles》〉の替え歌だった。〝十頭のカンガルーがフェンスの上に……〟最初、車両にいる人たちはいっしょに歌う感じでもなかったのが、その歌はばかばかしくて伝染力があったのか若い人たちが歌いだし、そのうちみんなで揃って歌っていた。

ぼくも雰囲気にのまれていっしょに歌った。

「そしてもしカンガルーが一頭落ちたら……フェンスには残り三頭のカンガルー」

その歌で、ぼくは西オーストラリアでの子ども時代を思いだした。カンガルーはふつうに身近にいた。とはいえ、フェンスの上にいるのは見たことがないが。

外に出ると、暗くなりかけていた。ボブはまた落ち着きをなくしている。

「また？ さっき行ったよね」ぼくは言った。

だがボブは譲らず、用を足さないと不機嫌になるのはわかっていたので、ぼくは適当な場所を探しはじめた。

家までの帰り道、大規模な建築現場の横を通る。作業員たちはもういなかった。クリスマス休暇に入ったのだろう。ダンプカーやコンクリートミキサー車が静かにたたずんでいる。囲いに隙間があるのを見つけ、ボブといっしょにそこを通り抜けた。ボブは軟らかい土の、いい場所を見つけた。

ぼくは建造物の一部やコンクリートが積みあがっているところがあるのに、気づいた。歩道か壁を取り壊して、そのまま積みあげたような感じだ。ちょうど、数日ぶりに太陽が顔を出していた。そのガラクタの山のなかで、ぼくの目を引いたものがあった。傾きはじめた日の光に、キラキラと光っている。ぼくはかがんで、それを拾いあげた。

見るとコンクリートの塊で、ぼくの手のひらにおさまるくらいの大きさだ。片方の面はなめらかで、もう一方は壊れたままの断面だ。興味深いことに、そこにはさまざまな色の石が見えて、水晶のようなものもあった。なめらかな面にも色が見え、ところどころ落書きされているかのようだ。ギャラリーでモダンアートとして展示されていてもおかしくない。

「ふむ」ぼくは思った。「いいかも」

ぼくが石を太陽にかざして見ていると、ボブが戻ってきた。ぼくが石のようなものを持っているのを見て、ボブはいぶかしげだった。「何持っているの?」と訊きたげに。

コンクリートの塊をもとに戻そうとしたときに、ふと思いついた。

「きっとベルが喜ぶ」

「ちょっと待っててくれ、ボブ」ぼくは言い、リュックサックを開けて、コンクリートをなかにおさめた。

午後四時には、無事にアパートメントに戻った。もうのんびりできると思うとうれしかった。少なくとも数日間は。ゆったりと熱い風呂に入り、夜ごはんの支度をした。ぼくにはガモンにポテトと人参を付けあわせた。おいしかった。ボブにもガモンを数切れ分けると、あっという間に平らげた。そのあとは、まったりとした時間だ。

テレビには、見たいと思う番組があまりなかった。映画はどれもまえに観たものだったし、特番でもとくに興味のあるものがなかった。でも、ぼくにはほかに考えがあった。

ベルのために考えたプレゼントのアイデアに、三十分をかけた。ラッピングペーパーがあったので、コンクリートのかけらを包み、リボンをかけた。ほかのプレゼントといっしょにクリスマスツリーの下に置くと、ボブはすぐに見にいった。ぴくとも動かない塊を、ボブが何度もつついているのを見て、思わず笑ってしまった。十回以上がんばって、とうとう諦めたようだ。

ぼくは、にっこりした。なんてシンプルな楽しさだろう。クリスマスイブにテレビを見なくても、ぼくにとってはボブが無限のエンターテインメントだ。

8　ボブが遺してくれた最高のギフト

ニャー。

ぼくが目を開けると、ボブがベッドのすぐとなりにいて、顔がすぐ近くに迫っていた。鮮やかな緑色の目が、一段と輝いて見える。こんなふうに考えるのも変だが、ボブは今日がクリスマスだと知っていて、早く儀式をはじめようよ、と言っているようだった。

早い時間から暖房をセットしておいたので、部屋は暖かかった。ベッドから出るときにすごく寒くないのはありがたい。脚の血行が悪いのでなおさらだ。カーテンを開けると空は鈍色で、木々には雪が積もっている。

ぼくはやかんを火にかけ、ボブに朝食を出した。それからキッチンにある小さなラジオをつけた。クリスマスにぴったりの曲が流れてくる。ビング・クロスビーにバンド・エイド。ぼくの好みというわけではなかったものの、知らず知らずのうちに、いっしょに歌を口ずさんでいた。すっかりクリスマス気分になっているようだ。

ボブとぼくには、クリスマスの朝にちょっとしたお決まりの流れがあった。ベルと過ごすボクシングデーはまた別で、今日はぼくたちだけの日だ。朝食のあと、ボブが用を足すために外に出た。

エレベーターのボタンを押したが、反応がない。まったく、よりによってこんな日に故障とは。

ボブも階段で下まで降りるのを不服そうにしていた。降りたら、またのぼらなければならないのをわかっているのだ。

ぼくは通りの反対側の家に住む、猫好きの〝キャット・レディー〟エドナにクリスマスカードを用意していた。彼女はいつも迷い猫や野良猫を受けいれている。ボブはいやがったが、ぼくたちは会うと少し立ち話をする仲だった。彼女の家の塀や窓の敷居にはだいたい猫が何匹かいて、その姿を見るとボブはぼくの肩の上で背中を丸める。

今日は外が寒すぎるせいか、猫の姿は見当たらなかった。ぼくはカードを郵便受けに入れ、ボブが用を足し終わると、家に戻った。

アパートメントは墓地のように静かだった。階段をのぼっている途中、三階に住んでいる人に会った。長髪でレザージャケットを身に着け、ちょっと〝ロック〟な雰囲気の男性だ。どこかに出かけるようだったので「メリークリスマス」と挨拶を交わした。ほかには誰も見かけなかった。階段まで七面鳥のにおいがしていたので、家にいる人もいるようだ。ボブも気づいたようで、においをたどって四階でどこかの部屋のほうに向かおうとした。

「どうしたボブ？　ぼくの料理じゃ不満だって言いたいのかい？」ぼくはわざと渋い顔をしてみせた。

部屋に戻ると、ボブは一目散にクリスマスツリーのところに向かった。出かけているあいだにひょっとしたら動いていたり、新しい飾りがついていたりしないか、点検しなければ気が済まないのだ。すべてにおいて異常がないことを確認すると、プレゼントに目を向けた。今回はコンクリートの塊を慎重に避け、ぼくが猫模様のラッピングペーパーに包んだプレゼントに集中している。

「ボブ、よく見つけたね」ぼくは言って、ツリーの下からそのプレゼントを取ってソファのぼくの横に置いた。

あっという間にボブもぼくの横にやってきた。

ぼくが箱を振りまわして見せると、ボブは目をみはり、尻尾を振った。おもしろがっているサインだ。箱をボブのそばに置くと、包装紙を破り、リボンもはぎとった。ぼくは箱を開け、ぜんまい仕掛けのキャットニップの詰まったおもちゃを取りだした。クリスマスイブにバスキングを終えてからコヴェント・ガーデンのなじみ客にいただいたものだ。ボブはおもちゃをちらっと見ると、入っていた箱をくわえて床に落とし、自分も飛び降りて箱で遊びだした。きっと猫だけじゃなく小さい子どもでも、世界中の家庭でよく見かける光景だろう。

「そうだよね。箱でそんなに楽しめるんだったら、プレゼントはいらないくらいだ」ぼくは声をあげて笑った。

　ベルもクリスマスに開けるよう、ぼくにプレゼントを用意してくれていた。形から察するに、ぼくがしばらくまえからそれとなく欲しいとほのめかしていた中古のビデオゲームのようだ。新しいゲームは高いが、中古ならかなり値がさがるので負担ではないだろう、と思ったのだ。ぼくはさっそくプレゼントを取りだし、わくわくしながらセットアップをして、少し遊びはじめた。だがボブは、ぼくが熱中するのをとめに入ってきた。ぼくの膝によじ登ってきて、まえにXｂｏｘの電源を切ったのと同じことをするぞ、と言いたげにしたのだ。

「わかったよ。そろそろクリスマスのごちそうの準備をしなきゃな」

　クリスマスにボブが好きな食べ物は〝ピッグス・イン・ブランケッツ（毛布に包まれた豚）〟だ。これはソーセージをベーコンで包んだもので、ぼくも大好きだ。そこでまずこれを一パック、オーブンに入れた。ベーコンの焼けるにおいが、ほどなく漂ってきた。それからジャガイモの皮をむき、それをいくつかと買ってあった小ぶりの七面鳥もあわせてオーブンに入れた。

　ボブは暖房器のちかくで、ひと眠りすることにしたようだ。でも料理のにおいで目を覚ました。

「まだだよ、もうちょっと待って」ボブがオーブンにあまりにも顔を近づけるので、ぼくは言った。

まずは〝ピッグス・イン・ブランケッツ〟を先に出し、熱いトレイを調理台に載せた。それを見て、いいにおいも手伝ってボブは大喜びだった。尻尾をあまりに激しく振るので、ちぎれるのではないかと思ったくらいだ。なかでもボブはベーコンの部分が好きなので、ぼくはベーコンをボブの頭の上に垂らしてみせ、さましながらちょっと遊んだ。でも、ボブはぼくよりずっと敏捷《びんしょう》だった。あっという間にベーコンをぼくの手からかすめ取ってしまった。

ほかの料理もできあがると、料理を皿に盛りつけ、さらにそれをトレイに載せた。そうすればソファで、テレビを見ながら食事ができる。ボブはいつも、またたく間に自分のお皿を空にしてしまうが、今日はぼくだって負けていなかった。ぼくたちがすっかり食べ終わるのに、たぶん二分もかからなかったと思う。七面鳥は、最高においしかった。

後片づけをすると、携帯電話でロンドン南部に住む家族に電話をした。残念ながらオーストラリアに住む母とは込みいった事情があって、連絡をとるのは難しかったが、父とは数分話をした。ふたりとも電話で話すのは得意でない。互いにクリスマスの挨拶を交わし、今日はどんなふうに過ごすのかとか、プレゼントに何をもらったかを話したが、それもすぐに終わってしまった。イギリス人らしく、しばし天気のことも話題にした。先週、父のワゴン車が雪の吹きだまりで往生したらしい。仕方がないから素手で雪を掻きだしたという。

五分にもならなかったと思うが、父と話したことでぼくは気持ちが軽くなった。昨日思いだした、電話口にも出てくれなかったときの記憶は、つらいものだった。互いに神経を逆なでしがちなのは、たぶん似たもの同士だからなのだろう。父はぼくの暮らしぶりをよく思っていない。ぼくのほうは、髪を短くして〝きちんとした仕事〟とやらにつくように父が言ってくるのが、うっとうしい。それでもいまは、一応連絡を取りあう関係を保てているのでありがたい。

ボブとぼくはそのあと、だいたい昨晩と同じような感じで過ごした。ソファで丸くなり、ぼくが新しいビデオゲームをしている横でボブはいびきをかいて寝ていた。世界中で、大勢の人たちが自分たちの思い描く理想のクリスマスを過ごしているのだろう。ゲームをしたり、音楽を奏でたり、単に食べて飲んでテレビを見たりして。人それぞれに過ごし方がある。ぼくたちの理想はこれだ。一から百で満足度を測るとしたら、ボブとぼくの満足度は百一だった。

ボクシングデーはいろいろな意味で、ボブとぼくにとって本当のクリスマスという感じだった。お昼前にベルがやってきた。手には食べ物がいっぱい詰まったスーパーの袋を、四つも持っている。エレベーターはまだ止まったままだったので、ブザーが鳴るとぼくは下まで降りていき、いっしょに荷物を運んだ。ボブもぼくたちのあとから階段をのぼりつつ、なんとか袋に顔を突っこもうとしていた。

キッチンに着くとボブは調理台に飛びのり、袋から何が出てくるのか眺めていた。

「はいボブ、どうぞ」ベルはおいしそうなスペインの生ハムを取りだした。

ボブはハムを歯でくわえて床に落とすと、たちまち食べてしまった。食べているあいだ、満足気に尻尾を振っていた。

ベルは料理が好きで、とくにクリスマスのロースト・チキンをつくってみんながおいしそうに食べるのを見るのが好きらしい。うちのキッチンはあまり道具が揃っているとは言えないが、ベルはチキン、ロースト・ポテト、野菜料理の準備をはじめた。少し経つと、またうちの居間においしそうなにおいが漂ってきた。

ベルがオーブンの様子を見にいくたびに、ボブは飛び起きて料理のにおいを嗅ぎわけ、食べ物にありつけるのかとあわててキッチンに向かった。

「まだよ」ベルは言ってオーブンを閉める。

ボブはすぐには諦めずにキッチンにいるが、やがてのろのろと居間に戻ってくる。それを何度か繰りかえし、とうとう料理が完成した。ボブも、おいしそうに焼けたチキンのかけらをもらっていた。

ぼくとベル用には、スモークサーモンや、そのほかこまごまとした前菜が並んだ。五つ星のホテルの食事みたいだ。

食べはじめたのは、午後も半ばすぎだった。それまでにも、ベルが持ってきてくれたものをいろいろ食べていた。ベルの家族はクリスマスを盛大に祝うので、その食事のおすそ分けがたくさんあったのだ。今日は居間に置いてある小さな折りたたみ式のテーブルで食事をした。ベルがきれいなナプキンとクラッカーを飾りつけてくれた。もちろん、席は三名分ある。

ボブはクラッカーの音をいやがったので、ベルは安全な距離をとってから鳴らした。その間ボブは居間の床でじっとしていた。ぼくたちは紙の帽子をかぶり、ベルはボブが仲間はずれにならないように、はさみとセロハンテープを使ってボブ用の帽子もつくった。みんなで帽子をかぶって首からナプキンを下げている姿は、かなりの見ものだっただろう。家族みたいだ、とぼくは思った。いわゆる伝統的な家族ではないかもしれないが、それでも家族にはちがいない。

乾杯用に、カヴァを買ってあった。

「乾杯」ぼくはベルに向けてグラスを掲げた。「それとありがとう。ボブとぼくの本当にいい友だちでいてくれて」ボブは自分の椅子にすわり、ぼくの言葉よりも目の前に置かれたチキンの入ったボウルのほうに集中している。

ぼくはベルの料理が大好きで、お腹がはちきれるかと思うほどいっぱい食べた。外の空気を吸いに散歩に出ようかという話も出ていたが、それもやめた。外はもうかなり冷えこんでいた。家のなかのほうが快適だ。

洗いものと片づけは、ぼくがした。午後四時ごろには、みんなですわってプレゼントを開けようということになった。

ベルはまずぼくに封筒をさしだし、にっこりした。

開けると、なかに手づくりのカードが入っていた。表に大きな金色の足跡がついている。なかにはシンプルに〝ジェームズへ　ベルとボブより〟とあった。

「先週末、部屋を散らかしたの、これをつくったせいもあるんだ」彼女はクスクスと笑った。「カードをつくっていたら、ボブがわざと上に足を載せたのよ。最初はわたしだけから、と思っていたんだけど、ボブが自分も入れてふたりからにしようって」

ぼくは感動して、カードをツリーの横に飾った。

ベルのご両親は親切で、いつもぼくへのプレゼントをベルにことづけてくれる。開けてみると〈ロッキー・ホラー・ショー〉のコレクターズ・エディションだった。ぼくのお気に入りの映画だ。

ベルへのプレゼントに関しては、ぼくはまだ不安だった。クリスマスのあいだ、唯一気にかかっていたことだ。だいじょうぶ、とずっと自分に言い聞かせてきた。きっと気に入る、と確信できるぐらいは彼女のことをわかっているはずだ。でも、どちらに転ぶかわからない、という思いも頭をもたげてくる。ムッとするか、すごく気に入るかどちらかなんじゃないだろうか。その中間ということはない。

ぼくはプレゼントをツリーの下から取って、ベルに渡した。

「気をつけて。重たいから」つい声が小さくなる。

「あ、本当だ。重いね」彼女は受けとって言った。

なんだろう、という顔をしている。形も不思議な感じだ。あきらかに本やDVD、香水のような、いわゆるこの時期によく贈られるものではない。中身がなんなのか見当がつかないようで、その時点でプレゼントとしてはある意味成功だ。でも実際になんだかわかったら、果たして喜んでくれるだろうか。

ベルがラッピングペーパーを開けるあいだ、ぼくは固唾《かたず》をのんで見守った。コンクリートの塊を手のひらに載せて見ている。

「わあ」彼女は言った。

反応がどうなのか、まだ確信が持てない。「わあ、すごくきれい」なのか「わあ、なんかガラクタみたいじゃない?」なのか、どっちだろう?

彼女はコンクリートを持ちあげて、あらゆる角度からしげしげと見ていた。もしかしたらわざと時間をかけて見てぼくを苦しめようとしているのだろうか。もう耐えきれなくなった。

「で、どう?」

「とってもきれい」

「本当? ぼくに気をつかってないよね?」

「まさか。これすごく素敵。いったいどこで手に入れたの?」

ぼくが建設現場のことを話すと、ベルは笑った。

ほっとした。と同時に少しどうかしていた、という気もした。イヤリングも確かによかった。きっと気に入ってくれただろう。でも大事なのは、そこじゃない。ぼくたちは、お互いに高価なものをプレゼントしあうような仲ではない。お金に余裕がないということもある。でもそれだけじゃなくて、意味のあるものをあげたい、という思いがあるのだ。

プレゼントはついている値札に価値があるわけではない、と考えている。大切なのはそこに込められた愛情や思いで、それには値段はつけられない。たまたま出会ったこの風変わりなモノは、その思いをうまく表現してくれた。

ぼくはもうひとつプレゼントを用意していた。〝約束〟と書かれた封筒を渡す。なかには、ぼくが色紙に書いた〝約束〟が六個並んでいる。〝きみにごはんをつくる約束〟や〝これからの一年間で、少なくとも一回はきみを映画に誘う約束〟など。これは、まえにもふたりでやったことがある。とくにいまみたいに金銭的に厳しいときに。これもまた高価な

〝買った〟モノよりも意味があると感じていた。ベルはとても喜んでいた。とくに映画の約束はうれしかったようだ。彼女は大の映画好きだが、ゆうに一年以上いっしょに映画に行っていない。単純に、その費用を捻出する余裕がなかったのだ。

それからおしゃべりをして、ボブがラッピングペーパーやリボンで遊ぶのを眺めた。

「ずっとああやって遊んでいられるね」ぼくは微笑んだ。

「あ、そうそう。忘れるところだった」ベルはツリーの後ろ側から小さなプレゼントを取りだした。はじめて見るものだ。おそらく今日家に来たときに、ぼくが気づかないうちにそっと置いておいたのだろう。

メッセージのタグがついていて〝ジェームズへ　ボブより〟とある。

ぼくはベルに笑いかけた。

「これ、何?」

「開けてみて」

それは小さなフォト・アルバムだった。表紙には〝永遠に親友同士〟と書いてあり、ぼくとボブの写真がついている。エンジェル駅前の歩道にすわって〈ビッグイシュー〉を売っているものだ。今年のあたまごろのものだろう。なかを見ると、同じくぼくたちの写真が十数枚貼ってあった。ボブをはじめて見つけた二〇〇七年からはじまっている。アパートメントにいるぼくたち、バスに乗っているとき、コヴェント・ガーデンでバスキングをしている写真もあった。半分くらいは見覚えがあり、ベルが携帯電話のカメラで撮ってくれたものだった。でも残りははじめて見る写真だ。インターネットで見つけたものらしい。いまや、世界中の人たちが撮ったたくさんの写真がネットに出ているのだ。いちばんよく撮れていると思ったのは、ぼくがボブを顔の近くに抱きあげているものだ。これは写真を勉強している学生に頼まれて、撮影に応じたときのものだ。いくらか謝礼ももらったのに、忘れていた。

このアルバムには感激した。ベルが一生懸命つくってくれたのが伝わってきて、心を動かされる写真が何枚もあった。ぼくはその日、何度も写真を繰りかえし見た。

ベルはDVDを何枚か持参していた。ぼくたちはクリスマスの時期にテレビでかかっているものにあまり興味がわかないことが多いので、念のため持ってきたのだという。テレビもざっとチャンネルを変えてみたが、案の定見たいと思うものがなかった。そこでビル・マーレイ主演の『3人のゴースト』を観ることにした。チャールズ・ディケンズの『クリスマス・キャロル』の映画化で、これまでとくに気に入ったものはなかったが、このひねりの利いたバージョンはよかった。この映画ではスクルージの物語をビル・マーレイがテレビ界の史上最年少の社長という設定で演じていて、クリスマスイブに自らの過ちに気づかされる。

「まるで今週のぼくみたいだ」ぼくは言った。映画では三人のゴーストが主人公を訪れ、彼の過去、現在、未来を見せる。

ベルは笑った。

「そうなんだ」

スクルージのクリスマスイブと自分の一週間を比べるなんて、ちょっと陳腐だとは思う。そう、以前のぼくはこの時期をみじめな気分で過ごしてきたし、それもやむをえない境遇にあった。でもボブと出会ってからは、変わった。ボブとベルのおかげで、どんどんクリスマスを楽しめるようになってきている。

ただ、似ているところもあった。ここ数日間の出会いで、ぼくはさまざまなことを考えさせられたのは確かだ。それもぼくやボブに寛大に接してくれた人たちだけではなく、たまたま遭遇したもっと暗い人たちからも。

たとえばソーホーでは、ドラッグの売人と遭遇した。彼はなんだったのだろう？〝過去のクリスマスの霊〟なのか、現在の霊なのか？　依存症から回復しつつある身としては、ドラッグの誘惑は現在の一部ともいえるし未来の一部でもあるだろう。そしてモンマス・ストリートで見かけた若者は？　彼はぼくの過去のゴーストだったのだろうか？　ぼくは思わず、暗い窓の外に目をやった。彼はいま、どうしているだろう。安全で暖かい場所にいるといいが。

ぼくは、ベルがプレゼントしてくれたアルバムをもう一度めくった。ベルはソファでとなりにすわっていて、ボブはぼくたち両方にまたがって落ち着いている。彼もアルバムをいっしょに見ていた。自分を認識しているかのようだ。

アルバムは二〇〇七年の春からはじまっていて、時系列に写真が並んでいる。いちばん新しいものは数週間前にぼくたちがニール・ストリートでバスキングをしていたときの夕方の写真だ。アルバムをめくっていくと、三年前は、ぼくはいまとはまったくちがっているのが見てとれた。その時点でもかなり回復していたが、こう見ると、まだ完全とはいえなかったことがわかる。髪や皮膚の感じがちがい、いまより不健康そうだ。それにどことなく心ここにあらず、という感じもする。メタドンによる治療プログラムをはじめてから一年ぐらい経っていたが、まだぼんやりしていたこともあったのだと思う。苦しそうで孤独に見えるが、まさにぼくはそのとおりの人間だった。ところがページをめくっていくにつれ、ゆっくりと、ときにはひどくゆっくりとだったが、それでもあきらかにぼくは健康を取り戻していた。それは目を見ればわかる。生き生きとしてきて、不安そうな感じがなくなっている。でもそれだけではなく、もっと大事な変化があった。ぼくは幸せで、安定した人になっていたのだ。どの写真を見ても、ある一点にそれは表われていた。ぼくは笑っている。

コヴェント・ガーデンで、肩に乗っているボブといっしょに観光客に向けてポーズをとっている写真を見たとき、そのことに気がついた。観光客たちもみんな満面の笑顔だったが、そのなかでもぼくがいちばん楽しそうに笑っていた。心から晴れやかな顔をしている。誇らしかったのと、単純にうれしかったからだと思う。同じ表情をしている写真がほかにも何枚かあった。以前と比べると大きな変化だ。

もしこれ以前の十年間でぼくのアルバムをつくろうと思ったら、ああいった表情を見つけるのは難しいと思う。たぶん一枚もないだろう。うれしそうに笑っているぼくは、見当たらないはずだ。失われた十年間のあいだ、ぼくはあまり笑っていなかった。

アルバムの写真は、長いあいだ無意識のうちに理解していたことを、証拠として見せてくれた。この三年間で、ぼくの人生は劇的に上向いた。精神的にも、感情的にも。依存症から回復すべく治療を行ったことが、まちがいなくとても大きい。でも同時に、どの写真でもとなりにいるボブが、ぼくの世界をよくしてくれたのも間違いない。

ボブと出会うまで、ぼくは希望というものを持っていなかった。何度もチャンスがあったのに、もったいないことに無駄にしつづけてきたのだ。どん底にいたときには、生きていられるのが不思議なくらい、自分の身体を依存症でむしばんでいた。こうしていま、楽しいクリスマスを過ごせるのは、ボブがもたらしてくれた恩恵のひとつにすぎない。ボブがくれた偉大なギフトの一部だ。ボブは、ぼくがこれまでに受けとったことのない、最高のギフトをくれた。ぼくに、新しい人生をくれたのだ。幸せと希望に満ちた、新しい人生を。あの十二月の夜、ボブとベルとソファでくつろぎながら、ぼくは自分に約束した。このギフトを大切にする。今年のクリスマスだけではなく、いっしょにいるあいだ、ずっと。

謝辞

ぼくたちがサポートしている、すばらしい活動を懸命に続けているチャリティー団体のみなさんにお礼を言いたい。ぼくたちの歩んでいる道のりが、これからもみなさんの助けになりますように。

ボブの本づくりに携わってくれた全員に、感謝を捧げる。すべては、支えてくれた〝ボビー・チーム〟があったからこそ実現したことだ。ギャリーとメアリー、ぼくたちの物語を本という形にしてくれてありがとう。ホッダー&スタウトン社のみんなにもお礼を言う。ロウェナ、ケリー、エマ、シアラ、マディにエミリー、あなたたちがぼくとボブに懸けてくれたことに対して、いくら感謝しても足りないくらいだ。ぼくの素敵な不動の親友でチャリティーの資金調達のパートナーでもあるベル、ボブとぼくは、きみのおかげでなんとかやっていけている！

そして最後に、最大の感謝をボブに捧げたい。ボブはずっと、ぼくの人生の相棒だ。ほかの誰にも教えられなかったことを、ぼくに教えてくれた。この人生でも来世でも、ぼくはボブに恩義がある。でももちろん、ボブとぼくには、それまでのあいだに、まだたくさんの語るべき物語がある。

訳者あとがき

野良猫のボブとホームレスのジェームズの出会いは二〇〇七年春のこと。孤独なひとりと一匹のかけがえのない友情の物語『ボブという名のストリート・キャット』は二〇一二年に英国で発売されるや大反響を呼び、たちまち七十万部を超える大ヒットとなりました。その注目は英国だけにとどまらず、世界二十五カ国で翻訳され、二〇一三年に刊行された第二作『ボブがくれた世界』とともに日本でも多くの読者に愛されてきました。

本書は『ボブという名のストリート・キャット』『ボブがくれた世界』に続く〈ボブとぼくの物語　三部作〉の完結作で、ふたりの出会いから三年後の二〇一〇年のクリスマスにまつわる物語です。いまやベストセラー作家になったジェームズがその頃の出来事を振り返ります。ボブと出会って以来、ホームレスの自立を支援する雑誌〈ビッグイシュー〉の販売員として働くようになり薬物依存症も克服してきたジェームズですが、その年は記録的な寒さと脚の痛みで働くこともままならない状況に。はたしてふたりは無事にクリスマスを迎えられるのでしょうか?

今回の作品でもボブとの出会いやこれまでの経緯が語られていますので、はじめてふたりの物語を読む方にも楽しんでいただけることと思います。ボブの本には三部作以外にもスピンオフのセルフヘルプ・エッセイ『ボブが教えてくれたこと』があり、ここにはたくさんの写真といっしょにジェームズがボブから学んだことがまとめられています。

今年の六月、ボブは旅立ちました。この訃報を受け、世界中の何万人というファンがジェームズに心を寄せ、いまなお愛情あふれるメッセージを送りつづけています。Bobite《ボブのとりこ》という新語をつくったボブの大ファンのピケット氏は言います。「ボブが生まれてきたことで、この世界はいっそう明るい場所になったと思います。これでボブの物語が終わるわけではありません。新たな章が始まるのです」（ビッグイシュー日本版、Vol.389より）。

実際、追悼特集でビッグイシューの表紙を飾るなど、ボブは〝やり直すチャンス〟〝希望〟〝人を見捨てない心〟を象徴する存在として世界中の多くの人たちを勇気づけ、応援しつづけてきました。ジェームズも『ボブが教えてくれたこと』のなかで、ソウルメイトのボブについてこう語っています。「本当の友だちは、心のなかから決して消すことはできない。たとえ離れ離れになっていても、友情は胸のなかで生きつづける。自分の一部として、いつまでもそこにある」

深い悲しみに見舞われながらも前を向き、フィアンセのモニカと新たに家族に加わった子猫たちと幸せに暮らしているジェームズを、ボブはずっと見守っているのではないでしょうか。ジェームズは多くのファンの協力を得てボブの彫像を制作する計画を進めています。場所はふたりの思い出の地、イズリントン・グリーンが候補になっているとのこと。いずれボブに会いにロンドンに行ける日を楽しみに待ちたいと思います。

英国ではこの冬、本書を原作とした映画第二弾〈A Christmas Gift from Bob〉が公開予定です。前作の映画〈ボブという名の猫　幸せのハイタッチ〉(二〇一七年、日本公開)ではボブが自分の役で出演したことでも話題になりましたが、今回もその愛くるしい姿が見られるとか。

本書のテーマは「クリスマスの精神」で、助けあいや慈愛が描かれた心温まる物語です。私もコロナ禍のなか、この作品を訳すことで世のなかにあふれる思いやりや人の心の美しさに触れ、チャーミングで賢いボブに魅了され、前向きな気持ちで過ごすことができました。ボブが遺してくれた物語のギフトは、きっとこれからも多くの人たちの心に届くことでしょう。

二〇二〇年十一月

Christmas Lights ©Garry Jenkins

ボブが遺してくれた最高のギフト

2020年12月1日　初版第1刷発行

著者　ジェームズ・ボーエン
訳者　稲垣みどり

発行人　廣瀬和二
発行所　辰巳出版株式会社
〒160-0022　東京都新宿区新宿2-15-14　辰巳ビル
電話 03-5360-8956（編集部）03-5360-8064（販売部）
http://www.TG-NET.co.jp

印刷・製本所　中央精版印刷株式会社

ISBN978-4-7778-2715-2 C0098 Printed in Japan

ボブ・シリーズ　好評既刊

＜ボブとぼくの物語　1＆2＞

ボブという名の
ストリート・キャット

ボブがくれた世界
ぼくらの小さな冒険

＜スピンオフ／エッセイ＞

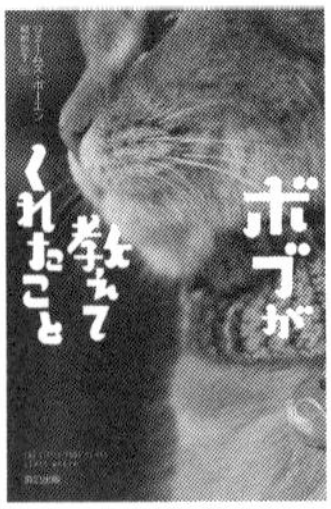

ボブが教えてくれたこと

ジェームズ・ボーエン　服部京子：訳

定価：本体各1600円＋税

辰巳出版